적과 흑

세계문학산책 04
적과 흑

지은이 스탕달
옮긴이 붉은여우
펴낸이 안용백
펴낸곳 (주)넥서스

초판 1쇄 인쇄 2013년 4월 20일
초판 1쇄 발행 2013년 4월 30일

출판신고 1992년 4월 3일 제311-2002-2호
121-840 서울시 마포구 서교동 394-2
Tel (02)330-5500 Fax (02)330-5555

ISBN   978-89-6790-121-9   04800

www.nexusbook.com
지식의 숲은 (주)넥서스의 인문교양 브랜드입니다.

세계문학산책 04

스탕달
적과 흑

붉은여우 옮김 | 김욱동 해설

지식의숲

차 례

쥘리앵, 가정 교사가 되다

두브 강가에 자리 잡고 있는 작고 아담한 도시 베리에르. 스위스 연방 국경과 잇닿아 있는 프랑슈콩테 지방에서 가장 아름다운 도시로 소문난 베리에르는 규모가 그다지 크지 않은 강변 도시였다.

지방에 있는 작은 도시인 만큼 베리에르에서는 대도시의 분주함이 느껴지지 않았다. 그렇다고 인적이 드문 시골 마을처럼 허허로운 것도 아니었다. 평화 속에 여유로움이 한껏 스며 있는 도시가 바로 베리에르였다.

베리에르에서는 지붕이 뾰족한 모양을 한 프랑스 내륙 지방의 전형적인 가옥들이 언덕을 따라 길게 늘어서 있는 모습을 어디에서나 볼 수 있었다. 주택가 사이사이에 자리 잡고 있어 가벼운 산책을 하거나 공놀이를 즐길 수 있는 소규모 공원들 역시 마찬가지였다.

베리에르 외곽은 오래된 성벽으로 둘러싸여 있었고, 그 아래로는 톨레바스에서 시작된 두브 강 물줄기가 흘러내렸다. 두브 강은 평화와 여유가 넘실거리는 베리에르의 오늘을 있게 해준 젖줄이었다.

두브 강의 물줄기는 베리에르에서 번성하고 있는 제재소를 움직이는 원동력이었다. 제재소에서 필요한 원자재 수급은 물론, 완제품 출하에 이르기까지 모든 과정이 두브 강을 통해 이루어지고 있었다. 따라서 두브 강 없는 제재소는 상상조차 할 수 없었다.

제재소의 번성은 시민들의 안락한 생활로 이어졌다. 그렇다고 해서 베리에르의 풍요로움이 전적으로 제재소의 번영에 기댄 것은 아니었다. 때마침 지어진 원단 공장이 엄청난 호황을 맞았고, 토목과 건설에 절대적으로 필요한 못을 생산하는 공장들이 사시사철 멈추지 않고 돌아간 것도 큰 몫을 차지했다.

베리에르의 행정을 책임지고 있는 레날 시장 역시 대단히 큰 못 공장을 운영하고 있었다. 베리에르에서 소문난 재력가라는 사실과 시장이라는 직책 때문인지, 레날 시장은 그다지 많지 않은 나이에 비해 무척 위엄 있는 사람으로 보였다.

하지만 레날 시장은 결코 훌륭한 사람이 아니었다. 그의 가슴속에는 언제나 자만심이 넘쳐흘렀고, 지위에 어울리지 않을 만큼 경박한 면도 있었다. 또한 약자에게는 강하고 강자에게는 약한 속물근성에다, 어떻게 부자가 되었는지 의아할 정도로 미련한 구석도 있었다.

그는 성공한 사업가답게 웅장한 저택 한 채를 소유하고 있었다.

'집은 모름지기 크고 넓어야 해. 담장이 높으면 높을수록 그 집을 찾는 사람들은 오금이 저릴 수밖에 없어. 또한 담장에 둘러싸인 땅이 넓으면 넓을수록 사람들은 그 집 주인을 존경하게 되어 있단 말이지. 그게 어쩔 수 없는 인간의 심리야.'

그런 생각을 갖고 있었던 레날 시장은 집을 지을 때 주변의 땅을 최대한 사들였다. 땅 주인이 팔지 않으려고 하자 시세보다 두 배 이상의 값을 쳐준 경우도 있었다. 그래서 궁궐과도 같은 저택을 완성할 수 있었다.

레날 시장의 그런 사고방식 때문에 느닷없이 횡재를 한 사람도 있었다. 시장의 저택 부근에서 작은 제재소를 근근이 운영하며 생활을 유지하던 소렐이 그 대표적인 사례였다. 소렐은 레날 시장이 저택을 짓기 시작할 때 자신이 소유하고 있는 제재소 부지를 절대로 팔지 않겠다고 버텼다.

　결국 애가 타는 사람은 시장이었다. 그래서 두브 강 하류 쪽에 있는 자신의 땅이 소렐의 제재소 부지보다 세 배는 넓었지만 아무런 조건 없이 바꿔 주는 한편, 건물을 지을 비용까지 줄 수밖에 없었다.

　레날 시장은 소렐이 떠오를 때마다 약이 올랐다.

　'지나치게 서두르는 바람에 약삭빠른 소렐 씨한테 너무 많은 대가를 지불했어. 그때 조금만 더 시간을 두고 줄다리기를 했더라면 싸게 살 수도 있었는데 말이야…….'

　그와는 반대로 소렐은 레날 시장을 바보 같은 사람이라고 생각했다.

　'레날 시장은 부모한테 물려받은 재산이 없었거나 천운이 따르지 않았더라면 평생 거지처럼 살 사람이야. 저토록 미련한 머리로 어떻게 사업을 하고 시장까지 될 수 있었는지 몰라!'

　그렇다고 해서 레날 시장이 늘 어리석은 일만 벌이는 사람은 아니었다. 그는 시장에 취임하자마자 두브 강변에 축대를 쌓는 공사를 시작했다. 처음에는 그 공사 때문에 세금이 늘어난다며 많은 시민들의 원성을 샀다.

　하지만 축대가 완성되자 여론은 완전히 뒤바뀌어 버렸다. 비가 아무리 많이 내려도 강은 넘치지 않았고, 홍수 때마다 불편을 겪었던 대다수의 베리에르 시민들은 아낌없는 박수를 보내 주었다.

축대 공사의 성공적인 결과 때문에 레날 시장은 유능한 행정 가로 널리 알려지게 되었다. 그 이후, 가뜩이나 거들먹거리기 좋아하는 레날 시장은 틈만 나면 강변을 산책하곤 했다. 자신이 이루어 놓은 업적을 보다 실감나게 느끼고 싶었기 때문이다.

그러던 어느 휴일이었다. 그날도 레날 시장은 부인과 함께 세 아들을 데리고 강변의 축대 밑으로 난 길로 산책을 나섰다. 시장의 가족은 한가롭게 담소를 나누며 여유로운 오후를 만끽하고 있었다.

그런데 갑자기 둘째 아들이 축대 위로 기어오르기 시작했다. 사실 축대는 그다지 높지 않은 데다가 경사 또한 완만한 편이었기 때문에 별로 위험하지는 않았다. 하지만 자식들에 관해서는 지나칠 만큼 예민한 부인이 화들짝 놀라서 뛰어갔다.

"어머나, 위험해!"

부인은 둘째를 끌어안고 눈물까지 글썽였다. 그런 부인의 모습을 유심히 바라보고 있던 레날 시장은 자식들의 교육 문제를 떠올렸다. 어려서부터 체계적인 공부를 시키는 것이 좋지 않을까 생각한 것이었다.

그런데 레날 시장의 머리는 어느 순간부터 엉뚱한 쪽으로 생각의 범위를 확대하기 시작했다. 아이들의 교육 문제에서 비롯된 생각이 급기야는 모든 면에서 자신의 경쟁자라고 할 수 있는 빈민 수용소 소장 발르노를 떠올리게 했다.

발르노는 레날 시장과 나이도 같은 데다가 재산의 규모 또한 엇비슷했다. 게다가 아이들도 비슷한 또래였는데, 지금 같은 상황이라면 아이들만 성공적으로 교육을 시킨다면 발르노보다 압도적 우위를 점할 수 있다는 생각이 들었다. 레날 시장이 발르노에게 신경을 쓰고 있는 것은 비단 어렸을 때부터 계속되어 왔던 경쟁 심리 때문만은 아니었다.

발르노는 지난 6년 동안 아무도 모르게 자신의 부인에게 끊임없는 애정 공세를 펴 왔다. 그러나 다행스럽게도 부인이 일언지하에 거절하는 바람에 무위로 돌아가고 말았다. 아무 내색도 하지 않았지만, 레날은 그런 속내까지 알고 있었던 것이다.

한참을 깊은 생각에 빠져 있던 레날 시장이 부인에게 물었다.

"우리 아이들의 미래를 위해 가정 교사를 두는 것이 어떻겠소?"

레날 부인이 생각할 것도 없다는 듯 바로 대답했다.

"그렇게 해 주신다면 저야 고맙지요. 진즉부터 그 얘길 꺼내고 싶었는데, 당신이 어떻게 생각할지 몰라 망설이고 있었거든요."

“그렇다면 찬성하는 것으로 알아도 되겠소?”

“그럼요. 그런데 아이들을 믿고 맡길 만한 선생님은 있어
요?”

“셸랑 사제한테 얼핏 소렐 씨의 셋째 아들 쥘리앵이 착실할
뿐만 아니라 라틴 어도 아주 잘한다는 얘기를 들은 적이 있소.”

“소렐 씨라면 제재소를 하는 장사꾼이잖아요?”

“나도 처음에는 그 점이 마음에 걸렸소. 하지만 쥘리앵은 신
학교에 들어가기 위해 3년째 신학 공부를 하고 있다는구려. 그
러니 믿고 맡길 만하지 않겠소?”

“그래요?”

“아마 발르노 그 친구는 아이들 가정 교사까지는 아직 생각
하지 못하고 있을 거요. 어떻게든 우리 아이들을 더 훌륭하게
키워야 하지 않겠소?”

“어쨌든 저는 대찬성이에요. 우리 아이들을 위한 일인데 왜
반대하겠어요? 저는 바깥일도 바쁜데 자식 문제까지 신경 써
주시는 당신이 그저 감사할 뿐이랍니다.”

부인은 진심으로 남편의 세세한 배려를 고마워했다.

레날 부인은 부모로부터 빼어난 아름다움을 물려받았다. 그
래서 어려서부터 수많은 사람에게 예쁘다는 말을 듣곤 했다. 나
이가 들어 결혼을 하고 아이를 셋이나 낳았지만, 그녀의 아름다

움은 전혀 빛을 잃지 않았다.

완벽에 가까운 미모와 귀족이라는 출신 성분, 그리고 성공한 사업가이자 시장 부인이라는 환경이 레날 부인을 도도하게 보이게 했다. 하지만 그녀는 한 번도 누군가를 무시하거나 얕잡아 보지 않았다. 그저 수줍음 많은 평범한 주부일 뿐이었다.

레날 부인은 보통 엄마들과 마찬가지로 세 아들에게 지극한 정성을 들였다. 또한 자식들에게 거는 기대 역시 남 못지않았다. 그래서 오래전부터 가정 교사를 두었으면 좋겠다는 생각을 하게 되었고, 때마침 남편이 말을 꺼내자 기쁜 마음으로 찬성을 한 것이었다.

레날 시장은 그 길로 소렐의 집으로 찾아갔다. 저택을 지을 당시 제재소 이전 문제 때문에 생긴 갈등으로 사이는 그다지 좋지 않았지만, 자식들을 위한 문제였기 때문에 개인감정은 묻어 두기로 마음을 다잡았다.

"소렐 씨, 당신의 셋째 아들 쥘리앵을 우리 아이들 가정 교사로 채용하고 싶어서 이렇게 찾아왔소."

갑자기 찾아온 레날 시장의 느닷없는 제안에 소렐은 잠시 어안이 벙벙했다. 평소에 소렐은 막내아들 쥘리앵이 매우 못마땅했다. 제재소 일을 열심히 돕는 두 형과는 달리 쥘리앵은 늘 책만 붙들고 살았기 때문이다. 따라서 소렐은 지난번에 땅으로 한

못 잡은 것처럼 이번에도 횡재를 했다고 생각했다.

하지만 평정심을 되찾은 소렐은 그다지 관심이 없다는 듯 태연한 표정을 지어 보였다. 누구보다 레날 시장의 성향을 잘 파악하고 있는 그였다. 따라서 자신이 강하게 나가면 애가 탄 레날 시장이 보다 더 좋은 조건을 제시할 것이라고 짐작했기 때문이다.

"글쎄요. 장사꾼인 제가 뭘 알겠어요? 게다가 그런 문제라면 무엇보다 쥘리앵 본인의 의사가 중요한 거 아니겠습니까?"

그러자 레날 시장이 다시 입을 열었다.

"급료는 한 달에 300프랑씩 주겠소. 식사는 물론 쾌적한 침실까지 따로 제공해 주는 조건으로 말이오."

깜짝 놀란 소렐은 하마터면 입을 떡 하고 벌릴 뻔했다. 300프랑이라면 시청에 근무하는 고위직 공무원이 받는 급료보다 더 많은 액수였다.

하지만 소렐은 평정을 잃지 않았다. 그래서 있지도 않은 일을 거짓으로 꾸며 레날 시장을 슬쩍 건드려 보았다.

"글쎄, 저는 잘 모른다지 않습니까? 참, 얼마 전에 쥘리앵한테 얼핏 들은 얘기로는 어떤 사람이 가정 교사 제안을 했는데, 매달 350프랑에 철마다 옷까지 지어 주겠다고 하더래요. 그래도 싫다고 했답니다. 공부를 해야 한다면서 말입니다."

그 말을 들은 레날 시장은 아차 싶었다. 베리에르에서 자식들을 위해 그 정도의 돈을 지불할 수 있는 사람은 오직 발르노 소장밖에 없다는 생각이 들었기 때문이다.

"좋소. 그렇다면 나는 400프랑을 주겠소. 계절마다 비싼 옷도 두 벌씩 사 줄 것이오. 그러니 쥘리앵이 혹시 싫다고 하더라도 소렐 씨가 잘 얘기해서 설득해 주셨으면 좋겠소."

소렐은 마음속으로 쾌재를 불렀다. 자신의 예상이 정확하게 맞아떨어졌기 때문이다. 하지만 그는 여전히 별 관심이 없다는 듯 심드렁하게 대답했다.

"얘기는 한번 해 보지요. 하지만 쥘리앵이 요즘 공부에 워낙 깊이 빠져 있어서 애비 말을 들어줄지는 장담할 수가 없네요."

"하여튼 잘 부탁드리겠소."

레날 시장을 태운 마차가 모퉁이를 돌아가자 소렐은 서둘러 쥘리앵을 찾아오라고 큰 소리를 질러 댔다. 막내아들 쥘리앵은 열아홉 살로, 아담한 몸집에 외모는 귀공자풍이었다. 곱상한 생김새 때문인지 어렸을 때부터 여자아이들한테 인기가 많았다.

하지만 쥘리앵의 관심은 다른 곳에 있었다. 어떤 방법으로든 신분 상승의 꿈을 이루어 상류층 사람들과 함께 큰일을 하고 싶어했다. 따라서 언제고 만날 수 있는 주변의 평범한 친구들과는 거의 어울리지 않았다.

그래서 선택한 것이 신학 공부였다. 쥘리앵은 신학 공부에 관한 한 사부님이라고 할 수 있는 셸랑 사제에게 좋은 인상을 심어 주기 위해 최선을 다했다. 신약 성경과 교황론의 라틴 어 원본을 완벽하게 외울 수 있을 정도였다.

둘째 아들이 쥘리앵을 데려오자 소렐이 말했다.

"조금 전에 레날 시장이 다녀갔는데, 네가 자기 집으로 들어와 아이들 가정 교사를 해 줬으면 좋겠다고 하더구나."

쥘리앵이 의아한 표정으로 물었다.

"가정 교사라니요?"

소렐이 대답했다.

"난들 알겠냐? 세상을 살다 보니 이런 일도 있구나. 너처럼 책만 끼고 빈둥거리는 녀석도 어딘가 쓸모가 있기는 한 모양이야."

발끈한 쥘리앵이 목소리를 높였다.

"아무리 제가 미워도 남의 집 머슴살이까지 시킬 건 없잖아요?"

그러자 소렐 역시 지지 않고 소리를 버럭 질렀다.

"머슴한테 매달 400프랑씩 주는 얼간이도 있다더냐? 버르장머리 없는 놈 같으니라고! 내가 네놈 몸값을 잔뜩 올려놨으니, 월급 받거든 그동안 내가 너 키우느라 들인 돈이나 제대로 계산

해서 갚아!"

자칫 잘못하면 몽둥이찜질을 당하겠다 싶어 쥘리앵은 재빨리 방으로 몸을 피했다. 그리고 책과 옷가지들을 하나씩 챙기기 시작했다. 어차피 독립할 나이가 되었을 뿐만 아니라, 아버지 제재소에서 일하는 것보다는 공부할 시간이 훨씬 더 많을 것 같았다.

집에서 나온 쥘리앵은 목재상을 하는 친구 푸케를 찾아갔다. 푸케는 쥘리앵이 지금까지 살아오면서 사귄 유일한 친구였다. 쥘리앵은 푸케에게 조금 전 상황을 설명해 준 다음, 자신이 아끼는 책 몇 권과 군의관에게 받은 훈장을 맡겼다.

'레날 시장은 상류층 인사들과 교분이 깊을 거야. 그렇다면 내게 기회를 줄 사람을 만날 수도 있어. 가정 교사를 한다는 게 썩 내키지는 않지만 긍정적으로 생각하자.'

쥘리앵은 그렇게 다짐하며 발걸음을 옮겼다.

쥘리앵이 성직자가 되겠다고 결심한 것은 열네 살이 되던 해였다. 우연한 기회에 베리에르 시내 중심가에 자리한 성당을 처음으로 가게 되었는데, 그 성당은 지금까지 보아 왔던 변두리 동네의 작은 성당과는 비교할 수 없을 만큼 거대하고 웅장했다.

나아가 미사의 규모나 참석자들의 면면 역시 그야말로 천양

지차였다. 쥘리앵이 성직자가 되겠다고 생각한 것은 바로 그때였다. 신분의 한계를 뛰어넘어 귀족들과 동등한 대우를 받을 수 있는 유일한 길은 그뿐이라는 결론을 내리게 된 것이다.

마음을 결정한 쥘리앵은 곧 셸랑 사제를 찾아가 라틴 어로 된 성경을 빌렸다. 낯선 언어를 익힌다는 것은 결코 쉬운 일이 아니었다. 하지만 쥘리앵은 모든 시간과 정열을 라틴 어 성경 읽기에 쏟아부었다.

쥘리앵의 피나는 노력은 머지않아 성과가 나타나기 시작했다. 그 어렵다는 라틴 어 성경을 어느 정도 암송할 정도에 이른 것이다. 셸랑 사제는 그런 쥘리앵을 볼 때마다 칭찬을 아끼지 않았다. 나이답지 않은 의지와 노력, 그리고 깊은 신앙심을 보고 셸랑 사제는 쥘리앵을 매우 신뢰하게 되었다.

레날 시장의 가족이 살고 있는 궁궐 같은 저택이 시야에 들어오자, 쥘리앵은 순간적으로 온몸이 움츠러드는 듯한 기분을 느꼈다. 그래서 호흡을 길게 한 번 내뱉은 다음, 두 주먹을 불끈 쥐고 스스로를 다잡았다.

'먼저 손을 내민 건 내가 아니라 저 사람들이야. 자격지심을 갖거나 비굴해질 이유가 없다는 말이지. 당당하게 들어가자, 쥘리앵!'

어깨를 반듯하게 편 쥘리앵이 초인종을 눌렀다. 미리 연락을

받은 모양인지 화사하게 차려입은 레날 부인이 직접 나와 대문
을 열어 주었다.

"쥘리앵 선생님이신가요?"

"그렇습니다, 부인."

"어서 오세요. 저는 레날 부인입니다."

"처음 뵙겠습니다."

"저희 아이들을 잘 부탁드릴게요."

레날 부인은 본래 수줍음을 많이 타는 내성적인 성격을 갖고
있었다. 게다가 낯선 남자와 한집에서 살아야 한다는 점은 여간
부담스러운 게 아니었다. 하지만 아이들을 위해 최대한 상냥한
말투로 쥘리앵을 맞이했다.

'내가 괜한 걱정을 한 건가?'

쥘리앵을 본 레날 부인은 적이 마음을 놓았다. 쥘리앵의 첫인
상이 자신의 아이들을 함부로 대하거나, 공부만을 위해 비인간
적인 체벌을 가할 사람처럼 보이지 않았기 때문이다.

'어쩌면 저토록 부드럽고 순수한 인상을 가졌을까?'

레날 부인은 흡족할 만큼 쥘리앵이 마음에 들었다. 안심하고
아이들을 맡겨도 괜찮을 듯싶었다. 쥘리앵 또한 레날 부인의 상
냥한 말투와 예상하지 못했던 환대에 마음이 편해졌다.

레날 부인은 곧 쥘리앵을 남편이 있는 서재로 안내했다.

“어서 오시오, 선생!”

레날 시장이 의자에 앉은 채 뻣뻣하게 말했다.

“쥘리앵 소렐이라고 합니다.”

비굴해지지 말자고 다짐한 쥘리앵 역시 고개만 살짝 숙여 인사했다.

“우리 아이들을 부탁하겠소.”

“능력껏 최선을 다하겠습니다.”

레날 시장은 성공한 사업가에다 시장까지 지내고 있는 자신 앞에 서면 쥘리앵도 당연히 머리를 조아릴 것이라고 생각했지만, 예상외로 뻣뻣하게 나오자 심사가 뒤틀렸다. 그래서 나중에 차분하게 말하려 했던 고용주로서의 지침을 명령하듯 일러 주었다.

“우리 집에서 아이들을 가르치는 동안은 내 체면을 감안해서 지금까지 만나 왔던 사람들과의 교류를 가급적 자제해 주시오. 선생이 하층민들과 계속 만나게 되면 아이들한테도 좋지 않은 영향을 미치게 될 것이오.”

쥘리앵은 자존심이 상했다. 하지만 애써 평정을 유지하며 말했다.

“저는 아이들의 가정 교사로서 교육에 관한 한 성심을 다할 것입니다. 하지만 그것이 전부입니다. 이를테면 저의 사생활까

지 간섭받고 싶지는 않다는 말씀입니다."

레날 시장의 얼굴에서 당혹스러워하는 빛이 보였다. 잠시 후, 한층 부드러워진 목소리가 쥘리앵의 귓전에 와 닿았다.

"어쨌든 아이들을 잘 가르쳐 주시오. 그러면 나도 선생의 장래를 위해 큰 힘이 되어 주도록 하겠소."

레날 시장의 태도가 바뀌자 쥘리앵 역시 부드러운 어조로 말했다.

"어려서부터 공부에 집중하느라 친구가 많지 않습니다. 그러니 특별히 외출할 일도 없겠지요. 따라서 시장님이 걱정하시는 일은 없을 것입니다."

쥘리앵이 호락호락한 젊은이가 아니라는 사실을 확인한 레날 시장은 하인에게 미리 준비해 둔 양복을 가져오게 했다. 고급스러운 양복으로 갈아입은 쥘리앵은 전혀 다른 사람이 되어 있었다. 완벽에 가까운 귀공자로 변해 있었던 것이다.

"좋아요. 아주 좋아!"

쥘리앵의 변신에 만족한 레날 시장은 세 아들을 불러 소개해 주었다. 아이들과 몇 마디 대화를 나눈 쥘리앵은 그동안 갈고 닦은 라틴 어로 성경 구절을 암송하는 시범을 보였다. 레날 시장에게 자신의 실력이 어느 정도인지를 보여 주고 싶었기 때문이다.

모국어인 프랑스 어보다 더 자연스러운 쥘리앵의 라틴 어 실력에 레날 부부는 물론 세 아이들까지 놀라움을 금치 못했다. 두세 차례에 걸친 시범이 끝나자 레날 시장은 그제야 제대로 된 가정 교사를 구했다는 생각에 흡족한 미소를 머금었다.

레날 부부의 세 아들은 금세 쥘리앵을 잘 따랐다. 곱상한 외모에 엄청난 실력을 겸비한 선생님이라는 첫인상이 어느덧 존경심으로 바뀌어 무조건적인 신뢰를 싹트게 했기 때문이다. 레날 시장과 부인 역시 쥘리앵의 교육에 전적으로 만족스러워하는 눈치였다.

겉으로는 매우 자상하고 가까운 것처럼 보였지만, 쥘리앵은 아이들을 그다지 좋아하지 않았다. 어쩔 수 없이 가정 교사가 되었으므로 선생님의 역할만 다하면 될 뿐, 가슴에서 우러나오는 정까지 줄 필요는 없다는 것이 쥘리앵의 생각이었다.

한편, 레날 부인은 시간이 흐를수록 쥘리앵에게 마음이 쓰였다. 처음에는 그녀 자신도 그저 귀여운 막내 동생에게 느끼는 연민 같은 감정이려니 하고 생각했다. 그런데 아니었다. 어찌된 셈인지 쥘리앵이 자꾸만 이성으로 보이는 것이었다.

때로는 쥘리앵이 귀족이 아니라는 사실에 마음이 아팠고, 어떤 때는 그가 가난한 장사꾼의 아들이라는 사실에 가슴이 아리기도 했다. 그러던 어느 날, 레날 부인은 아이들과 공부하고 있는 쥘리앵을 보며 생각했다.

'앞으로 쥘리앵이 돈 때문에 고통받는 일은 없도록 해 줘야겠어. 아이들을 잘 가르쳐 줘서 고맙다는 인사를 하며 건네주면 기쁜 마음으로 받겠지?'

레날 부인은 남편이 모르는 비자금을 따로 갖고 있었다. 결혼할 때 부모님이 비상금으로 보관해 두라며 상당한 현금을 따로 챙겨 주었는데, 그동안 특별하게 쓸 만한 일이 생기지 않아 은행에 예치된 채 십수 년이 지나도록 이자만 불어나고 있었다.

바로 그 이튿날, 아이들과 함께한 산책에서 돌아오는 길에 레날 부인은 쥘리앵을 조용히 불러 미리 준비해 둔 돈 봉투를 살며시 건네주었다.

"아이들이 선생님을 진심으로 좋아하고 있어요. 열심히 공부하는 모습도 선생님 덕분에 처음으로 볼 수 있었답니다. 얼마 안 되는 액수지만 성의라고 생각하시고 물리치지 않았으면 합니다."

쥘리앵은 지나치다 싶을 만큼 경직된 표정으로 레날 부인의 얼굴을 빤히 쳐다보았다. 그리고 약간은 조소가 섞인 듯한 미소를 미금으며 발했다.

"레날 부인, 저는 시장님과 약속한 대로 성심성의껏 아이들을 가르치고 있고, 시장님 또한 날짜가 되면 약속된 금액을 정

확하게 지급하고 있습니다. 따라서 저는 그 이외의 사례를 받을
이유가 전혀 없습니다. 오늘 일은 여기에서 돌아서는 순간 기억
에서 지워 버릴 테니, 부인께서도 그렇게 해 주셨으면 좋겠습니
다.”

찬바람이 날 만큼 냉정하게 돌아서는 쥘리앵의 뒷모습을 보
면서 레날 부인의 마음은 더욱 거센 회오리바람 속으로 휘말려
들어갔다.

‘사람이 어쩌면 저렇게 냉정할 수 있을까? 하지만 내 짐작이
맞았어. 돈보다 자존심을 선택한 쥘리앵은 확실히 멋진 남자
야!’

레날 부인의 그런 마음과는 달리, 방으로 돌아온 쥘리앵은 기
분이 나빠 견딜 수가 없었다. 사람들이 던져 주는 과자 부스러
기를 덥석덥석 받아먹는 동물원의 원숭이 취급을 받은 것 같았
기 때문이다.

‘적어도 레날 부인은 다를 것이라고 생각한 내가 바보였어!
부자라고 거들먹거리는 인간들은 모두 다 똑같은 족속인데 말
이지! 내가 그 돈을 넙죽 받을 거라는 생각을 하다니! 이런 모욕
감을 안고도 가정 교사를 계속 해야만 하는 건가?’

하지만 채 하루가 지나기도 전에 쥘리앵의 그런 분노는 씻은
듯이 사라져 버렸다. 자신의 방으로 찾아온 레날 부인이 진심으

로 사과를 했을 뿐만 아니라, 그 일이 벌어지기 이전보다 더욱 친절하게 대해 주었기 때문이다.

그로부터 며칠 후, 쥘리앵과 레날 부인은 세 아이들과 함께 서점으로 향했다. 딱딱한 공부에만 매달리다 보면 아이들이 금세 지칠 수도 있다며, 종종 가벼운 책을 읽게 하자는 레날 부인의 제안에 따른 외출이었다.

하지만 레날 부인이 서점에 가자고 한 것에는 또 다른 목적이 있었다. 그것은 바로 쥘리앵에게 필요한 책을 사 주고 싶었기 때문이다. 서점에 도착하자마자 레날 부인이 웃으면서 말했다.

"아이들한테 읽힐 만한 책은 내가 찾아볼 테니, 선생님은 선생님 공부에 필요한 깊이 있는 책들을 고르세요. 선생님이 공부를 많이 하면 할수록 제자들 역시 그 자양분을 고스란히 흡수하게 되겠지요?"

쥘리앵은 레날 부인의 배려에 감사한 마음이 생겼다. 책을 고르며 즐거워하는 쥘리앵을 바라보며 레날 부인 역시 행복을 느꼈다. 그렇게 해서 두 사람은 며칠 전 돈 봉투 때문에 생겼던 어색함을 말끔하게 지워 버렸다.

한편, 레날 부인에게는 엘리자라는 하녀가 있었다.

엘리자는 쥘리앵이 처음 도착한 순간, 그의 얼굴을 보고는 첫눈에 반해 버렸다. 그래서 틈만 나면 쥘리앵 근처를 오락가락하면서 어떻게든 관심을 끌기 위해 갖은 노력을 다했다. 하지만 쥘리앵은 냉정하리만치 시큰둥했다. 신분 상승을 꿈꾸는 쥘리앵의 눈에 엘리자는 레날 부인의 하녀 그 이상도 이하도 아니었던 것이다.

그 와중에 엘리자는 얼굴도 본 적이 없는 먼 친척으로부터 예상치도 못한 많은 유산을 물려받게 되었다. 그래서 용기가 생긴 엘리자는 당장 쥘리앵을 찾아가 청혼을 했다. 재산에 욕심이 생겨서라도 거절하지 않으리라고 생각한 것이었다.

하지만 쥘리앵은 눈곱만큼의 흔들림도 없이 고개를 가로저었다. 뒤늦게 그런 사실을 알게 된 레날 부인은 뛸 듯이 기뻤다. 그리고 한없이 기뻐하는 자신의 모습을 발견하고는 소스라치게 놀랐다.

'내가 정말로 쥘리앵을 좋아하는 걸까? 그저 바람처럼 스쳐 지나가는 순간의 감정이 아니라, 진심으로 그를 사랑하고 있단 말인가?'

레날 부인은 깊은 한숨을 내쉬었다. 깊이를 짐작할 수 없는 사랑의 감정과, 그런 일은 절대로 일어나서는 안 된다는 냉철한 이성이 치열한 싸움을 벌이기 시작한 것이었다.

사실 레날 부인은 얼마 전까지만 해도 지극히 평범한 주부였다. 남편과 아이들의 뒷바라지에 최선을 다하는 현명한 아내이

자 자상한 엄마의 전형적인 모습이었다.

그런데 쥘리앵이 집에 들어오면서부터 모든 것이 달라져 버렸다. 몸은 언제나 주방과 침실이 있는 1층의 범주를 벗어나지 않았지만, 마음은 늘 2층에 있는 쥘리앵을 향하고 있었다.

위험한 사랑이 싹트다

레날 시장의 꿈은 파리로 진출해 왕을 직접 보필하며 나라의 대소사를 결정하는 고관이 되는 것이었다. 하지만 그것은 현실적으로 이루어질 가능성이 전혀 없는 일이었다. 그래서 궁여지책으로 고관대작들 사이에서 유행하는 생활 방식을 따라 하기 시작했다.

그 당시 파리의 상류층 인사들 사이에서는 한적한 시골에 별장을 지어 놓고는, 대부분의 시간을 그곳에서 한가로이 보내는 것이 널리 유행하고 있었다. 그 소식을 접한 레날 시장은 봄이 되어 날이 풀리자마자 베르지라는 한적한 마을에 별장을 지었다.

별장이 완성되자 레날 시장은 가족을 이끌고 베르지로 갔다. 베르지에 있는 별장 역시 베리에르에 있는 저택 못지않게 훌륭했다. 별장 뒤로는 널따란 과수원이 있었고, 그 사이로 예쁜 산책로가 나 있었다.

레날 부인은 그 별장이 마음에 쏙 들었다. 쥘리앵에게 사랑을 느끼기 시작하면서 세상 모든 것이 아름답게만 보였다. 따라서 별장 주변의 아름다운 경치 역시 자신과 쥘리앵을 위해 존재하는 듯싶었다.

레날 시장은 시청 업무는 물론 베리에르에 있는 못 공장 때문에 베르지에 있는 별장에 오래 머물 수 없었다. 시장이 별장을 비우면 레날 부인은 적당한 구실을 만들어 쥘리앵과 산책을 즐기곤 했다. 레날 부인은 평생을 걸쳐 그 시간만큼 행복했던 적은 없었다.

둘이 함께하는 시간이 많아지면서 쥘리앵에게도 레날 부인을 이성으로 생각하는 감정이 싹트기 시작했다. 하지만 두 사람 주변에는 언제나 하녀 엘리자가 서성이고 있었다. 쥘리앵에게 청혼을 했다가 거절당한 뒤로 엘리자는 어떻게든 그날의 수모를 갚기 위해 절치부심하고 있었다.

"혹시 저 두 사람, 서로 야릇한 감정을 품고 있는 거 아냐? 날마다 둘이서 산책이라니 정말 눈꼴사나워서 못 봐주겠네!"

레날 부인의 예리한 육감은 그런 엘리자의 마음을 금세 눈치 챘다. 그래서 보다 편안한 마음으로 쥘리앵과 함께할 수 있는 시간을 확보하기 위한 방법을 생각해 냈다.

'그래, 데르빌르를 오라고 해서 함께 있으면 되겠다! 세 사람이 같이 산책을 하는데도 의심을 하지는 않겠지?'

데르빌르 부인은 레날 부인의 사촌 동생이었다. 나이 차이가 얼마 나지 않아 어려서부터 친하게 지냈을 뿐만 아니라, 소녀 시절 수녀원에서 같이 공부를 하면서 서로 비밀 이야기를 나눌 만큼 가까운 사이가 되었다.

"언니, 얼굴이 아주 좋아 보이는데?"

데르빌르 부인이 레날 부인을 보자마자 인사도 없이 한 말이었다.

"그래?"

"베리에르에 살 때보다 10년은 젊어 보일 정도야!"

"에이, 설마 그 정도까지야 되겠어?"

말은 그렇게 했지만 레날 부인은 그 어떤 찬사를 듣는 것보다 기분이 좋았다. 아침마다 일어나 거울을 보면서, 쥘리앵을 만나기 전과는 달리 얼굴에 생기가 돌고 있다는 생각을 하지 않은 것은 아니지만, 다른 사람의 입을 통해 그런 얘기를 들으니 기쁨이 배가된 것이었다.

데르빌르 부인과 쥘리앵 사이에는 금세 어색함이 없어졌다. 데르빌르 부인은 차분하면서도 상대방에게 편안함을 느끼게 하는 인상이었고, 쥘리앵 또한 워낙 순박해 보여 상대로 하여금 경계심을 갖지 않게 하는 생김새였기 때문이다.

레날 부인의 작전대로 세 사람은 함께 산책을 즐겼다. 뜨거운 햇볕의 열기가 식으면서 서쪽 하늘에 짙은 황혼이 깔리기 시작하면, 약속이나 한 것처럼 별장 뒤쪽으로 난 산책로를 따라 걸음을 옮기곤 했다. 세 사람의 산책은 자연스러운 일과가 되어 있었다.

그렇게 일주일 정도가 지난 어느 날이었다. 해 질 녘까지 찌는 듯한 무더위가 기승을 부리던 그날, 세 사람은 평소보다 늦은 시간까지 시골길을 걷고 있었다. 비록 느린 걸음이었지만 상당한 거리를 걷는 바람에 다리가 아파올 무렵, 때마침 벤치가 눈에 띄었다.

"잠시 저기에 앉았다 갈까요?"

자신보다 체력이 약한 부인들을 향해 쥘리앵이 물었다.

"잘되었네요. 그러지 않아도 쉬고 싶었는데……."

레날 부인이 기다렸다는 듯이 대답했다.

그렇게 해서 세 사람은 벤치에 앉았다. 레날 부인을 중심으로 오른쪽으로는 데르빌르 부인이 앉았고, 왼쪽에는 쥘리앵이 자리를 잡았다.

"저녁이 되니까 살 것 같네요. 낮에는 정말이지 머리가 지끈거릴 만큼 더웠는데 말이에요."

데르빌르 부인이 입가에 엷은 미소를 머금으며 말했다.

"그러게 말이야. 찬물로 샤워를 해 봤자 채 5분도 지나지 않아 숨을 헉헉거리게 되더라니까, 글쎄."

레날 부인이 끔찍한 하루였다는 듯 머리를 절레절레 흔들며 대답했다. 쥘리앵은 그런 레날 부인을 찬찬히 바라보았다. 은은한 달빛 아래 드러난 레날 부인의 모습이 그 어느 때보다 우아하고 아름다워 보였다. 쥘리앵은 문득 레날 부인의 손을 잡아 보고 싶다는 충동을 느꼈다.

'소스라치게 놀라며 벌떡 일어나 버리지 않을까?'

쥘리앵은 고개를 저었다.

'그 정도가 아니라 큰 망신을 당할 수도 있어.'

하지만 쥘리앵은 확인해 보고 싶었다. 어쩌면 인정사정없이 뺨을 후려칠 수도 있겠지만, 일반인이 조심스럽게 시도한 접촉에 반응하는 상류층 부인의 태도가 너무나 궁금했던 것이다.

'그렇지 않아도 적성에 맞지 않는 가정 교사 자린데. 급료가 아깝기는 하지만 최악의 경우엔 그냥 나가 버리면 되지, 뭐!'

쥘리앵은 그렇게 생각했다. 그러고는 오른쪽에 앉아 있는 데르빌르 부인에게 들키지 않도록 세심한 주의를 기울이면서 레날 부인의 손을 살며시 잡았다.

그 순간 레날 부인의 몸이 움찔했다. 그래서 쥘리앵은 레날 부인이 곧 화를 낼 것이라고 예상했다. 하지만 아니었다. 오히려 고쳐 앉는 척하며, 데르빌르 부인이 그들이 손을 맞잡고 있는 광경을 절대로 볼 수 없도록 몸을 살짝 비트는 것이었다.

쥘리앵이 레날 부인의 손을 잡은 것은 순전히 호기심 때문이었다. 그녀를 사랑하는 마음이 있었던 것은 결코 아니었다. 하지만 기분은 좋았다. 귀족이라는 신분을 가진 여자의 손을 잡아 보았다는 것과, 레날 부인이 손을 빼기는커녕 오히려 자신이 시도한 은밀한 일탈을 도와주었다는 사실 때문이다.

한편, 레날 부인은 단번에 황홀한 기분에 휩싸였다. 새벽녘이 되도록 잠을 이룰 수 없었다. 자신을 향한 쥘리앵의 사랑을 너무나 명료하게 확인한 까닭이었다. 두 사람뿐인 은밀한 장소에 있었던 것도 아니고, 데르빌르 부인까지 있는 상황에서 손을 잡았다는 것은 그만큼 자신을 향한 사랑이 뜨겁기 때문이라고 레날 부인은 생각했다.

그와는 달리 쥘리앵은 방으로 들어가자마자 잠자리에 들었다. 그리고 이튿날 아침에는 늦잠까지 잤다. 게다가 눈을 뜬 이후에는 나폴레옹 평전에 빠져 점심때가 다 되도록 책을 읽었다.

　점심을 먹으라는 하녀의 재촉을 받고 아래층으로 내려가자, 언제 왔는지 레날 시장이 응접실에 앉아 있었다. 양심에 찔린 쥘리앵은 잠시 미안한 생각이 들었다. 바로 그때, 레날 시장이 인상을 찌푸리며 야단치듯 말했다.

　"가정 교사라는 사람이 왜 이제야 내려오는 거요? 혹시 내가 집을 비우면 우리 아이들을 마냥 방치하는 거 아니오?"

　레날 시장의 고압적인 말투에 쥘리앵 역시 부아가 치밀었다. 그래서 입에서 나오는 대로 아무렇게나 대꾸했다.

　"오전에 몸이 좀 아팠습니다."

　여전히 인상을 찌푸린 레날 시장이 말을 이었다.

　"어쨌든 자신의 직분을 저버리거나 무책임한 행동을 하는 건 옳지 않을 뿐만 아니라 내 마음에도 들지 않소!"

　쥘리앵은 더 이상 참을 수가 없었다. 자존심에 상처를 입으면서까지 레날 시장의 아이들을 가르치고 싶은 생각은 없었다. 그래서 레날 시장을 똑바로 쳐다보며 말했다.

　"시장님은 제가 그동안 아이들에게 소홀했다고 생각하시는 모양이지요?"

　레날 시장은 예상치 못한 반격에 잠시 당혹스러운 표정을 지었다.

　"내가 없다고 이렇게 늦게 내려오니 그렇잖소?"

레날 시장의 반응을 감지한 뒤, 자신감을 얻은 쥘리앵의 목소리에 한층 힘이 실렸다.

"최근 아이들 성적이 부쩍 좋아졌습니다. 제가 아이들한테 소홀했음에도 불구하고 그런 성적이 나왔다면, 저는 더 이 집에 머무를 이유가 없지요. 왜냐하면 아이들은 스스로의 힘으로 충분히 그 정도 성적을 낼 수 있을 것이기 때문입니다."

"내 말은 반드시 그렇다는 것이 아니라……."

"저는 직분을 다하지 못한다는 모욕까지 당하면서 아이들을 가르치고 싶은 생각은 눈곱만큼도 없습니다. 따라서 저는 지금 당장 2층에 올라가 짐을 싸도록 하겠습니다."

쥘리앵의 강경한 대응에 레날 시장은 정신이 번쩍 들었다. 그리고 혹시 자신의 경쟁자인 발르노 소장이 보다 더 좋은 조건을 제시하며 가정 교사 일을 부탁했을 수도 있다는 생각을 했다.

"선생, 그깟 일로 뭘 그리 흥분하고 그러시오? 나는 그저 선생 얼굴이 늦도록 보이지 않아 걱정되는 마음에 한마디 한 건데……."

"조금 전에 시장님께서 제게 무책임하다고 하지 않으셨습니까?"

"어쨌든 내가 지나쳤소! 내 사과하는 의미로 이번 달부터는 급료를 500프랑으로 올려 드릴 테니 오늘 일은 없었던 것으로 합시다!"

처음의 고압적인 자세와는 달리, 얼굴이 벌겋게 달아올라 어쩔 줄 몰라 하는 레날 시장의 모습이 우스꽝스러웠다. 그렇게까지 사과를 하는 레날 시장을 계속 몰아붙이고 싶은 생각은 없었다. 그래서 쥘리앵은 어깨를 당당하게 편 채 아이들을 데리고 산책길에 나섰다.

그날 이후, 쥘리앵과 레날 시장의 처지는 완전히 뒤바뀌고 말았다. 레날 시장은 고용주 입장에서 한 차례 위엄을 보이기 위해 꺼낸 칼을 휘둘러 보지도 못하고 칼자루까지 쥘리앵에게 바친 셈이었다. 결국 레날 시장은 목소리를 높이거나 화를 내기는 커녕 매사에 눈치를 살피는 처지가 되어 버린 것이었다.

마음이 후련할 만큼 완벽하게 전세를 역전시킨 쥘리앵의 기분은 하늘을 나는 듯했다. 약자에게는 강하지만 강자에게는 약한 레날 시장은 이제 자신의 상대가 아니라는 생각이 들었다. 그래서 불과 며칠도 지나지 않아 쥘리앵은 레날 시장을 찾아가 당당하게 휴가를 청했다.

"개인적인 일로 사흘 정도 시간이 필요합니다."

"아, 그래요? 그렇다면 당연히 다녀와야지요."

레날 시장은 고개를 주억거리며 용돈까지 챙겨 주었다.

짐을 챙긴 쥘리앵은 콧노래를 흥얼거리며 베리에르를 향해 걸음을 옮겼다. 그런 쥘리앵의 뒷모습을 바라보는 레날 부인의 가슴은 허전하기 짝이 없었다. 최소한 며칠은 쥘리앵을 볼 수 없을 것이기 때문이었다.

하지만 쥘리앵은 사흘 동안의 휴가가 마냥 즐겁기만 했다. 레날 부인에 대해서는 신경조차 쓰지 않았다. 아니, 그럴 이유도 없었다. 그저 호기심에 손을 한번 잡아 봤을 뿐 다른 의도는 전혀 없었던 까닭이었다.

늦은 밤에 베리에르에 도착한 쥘리앵은 곧바로 푸케가 살고 있는 집으로 향했다. 야심한 시각에 가방까지 챙겨 들고 갑자기 나타난 쥘리앵을 보고 푸케가 화들짝 놀라며 물었다.

"혹시 레날 시장님 댁에서 쫓겨난 거야?"

쥘리앵은 한바탕 크게 웃고 나서 밝은 목소리로 대답했다.

"레날 시장은 나처럼 유능한 사람을 내치면 자신이 얼마나 큰 손해를 입을지 알고 있어. 그래서 절대로 날 해고할 수 없다네."

쥘리앵은 그동안 레날 시장의 집에서 벌어졌던 일들을 자세하게 이야기해 주었다. 푸케는 웃기도 하고 걱정스러운 표정을 짓기도 하면서 쥘리앵의 이야기에 귀를 기울였다. 그러고는 고개를 끄덕이며 말했다.

"가정 교사 노릇도 생각보다 쉽지는 않은가 봐."

그렇게 입을 연 푸케는 상류 사회를 이루고 있는 사람들을 비난했다. 레날 시장이나 발르노 소장, 그리고 셸랑 사제 등 귀족 출신은 하나같이 자신들의 잇속 차리기에 혈안이 되었다는 것이다. 푸케는 쥘리앵에게 자신과 함께 일하는 것이 더 바람직하지 않겠느냐고 했다.

"요즘 목재상 일이 무척 바쁘다네. 나 혼자 감당하기에는 벅찬 감이 없지 않아. 그래서 하는 말인데, 자네가 날 좀 도와줬으면 좋겠어. 내가 밖으로 나돌며 영업을 하고, 자네는 내부적인 관리를 하는 거지. 우린 친구니까 대우도 섭섭지 않게 해 주겠네."

그러나 쥘리앵은 그러고 싶은 생각이 전혀 없었다. 상류 사회로의 진출을 꿈꾸는 그는 장사치들과 어우러져 푼돈에 만족하고 싶지는 않았던 것이다. 하지만 쥘리앵은 마땅한 핑곗거리를 찾지 못했다. 그래서 하루 정도 생각을 해 보고 나서 결정하자며 얼버무렸다.

다음 날 아침, 쥘리앵은 정색을 하고 푸케에게 말했다.

"미안하지만 자네와 같이 일하는 것은 없었던 걸로 해야겠네. 자네도 알다시피 난 성직자가 되고 싶어하는 사람이야. 밤새 고민했는데, 난 결코 그 꿈을 포기할 수 없을 것만 같네."

푸케는 많이 서운한 듯싶었다. 하지만 워낙 단호한 쥘리앵
의 태도에 더 이상 그 일을 권하지 않았다. 그 이후로 이틀 동
안 더 푸케의 집에서 머문 쥘리앵은 다시 베르지의 별장으로
돌아왔다.

별장에 도착하자 레날 부인이 반색을 하며 쥘리앵을 맞이했
다. 마치 오랫동안 헤어졌다 다시 만난 연인의 얼굴을 보는 것
만 같은 표정이었다.

"쥘리앵, 다시는 당신을 보지 못하는 줄 알았어요!"

쥘리앵이 베리에르에 머무른 사흘 동안 레날 부인은 줄곧 누
워 있었다. 도무지 몸을 움직이고 싶은 생각이 나지 않았기 때
문이다. 그런데 쥘리앵이 도착했다는 소식을 듣자마자 자리에
서 벌떡 일어나 화사한 모습으로 치장을 하고 환한 미소를 되찾
은 것이었다.

'언니가 젊은 남자한테 마음을 빼앗겼어!'

데르빌르 부인은 얼마 전부터 막연하게 예감하고 있던 우려
가 사실임을 확신할 수 있었다. 심정적으로는 그런 레날 부인을
이해할 수 있었지만, 그것은 분명히 옳지 않은 일이었다.

"사흘 만에 더 아름다워지신 것 같습니다."

레날 부인을 본 쥘리앵이 입에 발린 인사를 했다. 하지만 레
날 부인은 그 말에 한없는 행복을 느꼈다. 사랑하는 남자에게

듣는 아름답다는 찬사는 이 세상 그 무엇과도 바꿀 수 없을 만큼 소중한 말이기 때문이었다.

"쥘리앵, 우리 둘이 산책하고 싶어요!"

레날 부인이 행복에 겨운 목소리로 말했다. 그리고 쥘리앵이 채 대답도 하기 전에 팔짱을 끼더니 집 밖으로 나갔다. 그렇게 오솔길로 들어선 두 사람은 날이 어두워진 다음에야 집으로 돌아왔다.

'레날 부인이 나한테 완전히 빠져 버렸어!'

그날 밤, 쥘리앵은 불과 몇 시간 전의 레날 부인을 떠올렸다.

'좋아! 이곳에서 지내는 동안 레날 부인과 연애를 하는 것도 나쁘진 않겠지. 귀족 부인이랑 마음껏 즐겨 보는 거야!'

쥘리앵은 그렇게 생각했다. 사랑이 아니라 유희를 선택한 것이었다. 그래서 쥘리앵의 행동은 점점 더 적극성을 띠기 시작했다. 모두가 함께 앉아 식사를 하는 도중에 식탁 밑으로 발을 뻗어 레날 부인의 다리를 건드리며 장난을 할 정도였다.

"그런 장난은 위험해요, 쥘리앵! 자칫 잘못하면 들킨단 말이에요!"

레날 부인은 그렇게 말을 하면서도 싫지 않은 기색이었다. 아니, 쥘리앵의 짓궂은 장난을 은근히 즐기는 듯싶었다. 레날 부인은 쥘리앵이 아무런 장난도 걸어 오지 않으면 오히려 불안함을 느끼곤 했다.

데르빌르 부인은 두 사람 사이에 흐르는 기류를 정확하게 파악하고 있었다. 하지만 그 이야기는 누구한테도 말할 수 없었다. 그래서 모든 것을 가슴속에 숨긴 채 벙어리 냉가슴 앓듯 할 수밖에 없었다.

날이 갈수록 쥘리앵을 향한 레날 부인의 사랑은 깊어졌다. 쥘리앵을 제외하면 삶의 의미가 없다고 해도 과언이 아닐 만큼 레날 부인의 마음은 완전히 한쪽으로 쏠려 버렸다.

"쥘리앵, 우리가 몇 살 차이인지 아세요?"

어느 날, 산책길에서 레날 부인이 부끄러운 표정을 지으며 말했다.

"글쎄요, 저는 부인의 나이를 알지 못해서……."

레날 부인의 의도를 눈치채지 못한 쥘리앵이 대답했다.

"무려 10년 이상이에요. 그럼에도 불구하고 당신이 나를 사랑한다는 사실이 믿어지지 않을 때가 있어요."

정말로 꿈속을 헤매는 사람처럼 레날 부인의 몽롱한 눈빛이 허공을 배회하기 시작했다. 그러는 사이에 쥘리앵의 낮은 목소리가 레날 부인의 귓전에 와 닿았다.

"나이는 숫자일 뿐입니다. 나이가 장애물로 작용한다면 그건 참된 사랑이 아니겠지요. 그러니 부인은 그런 것에 신경 쓰지

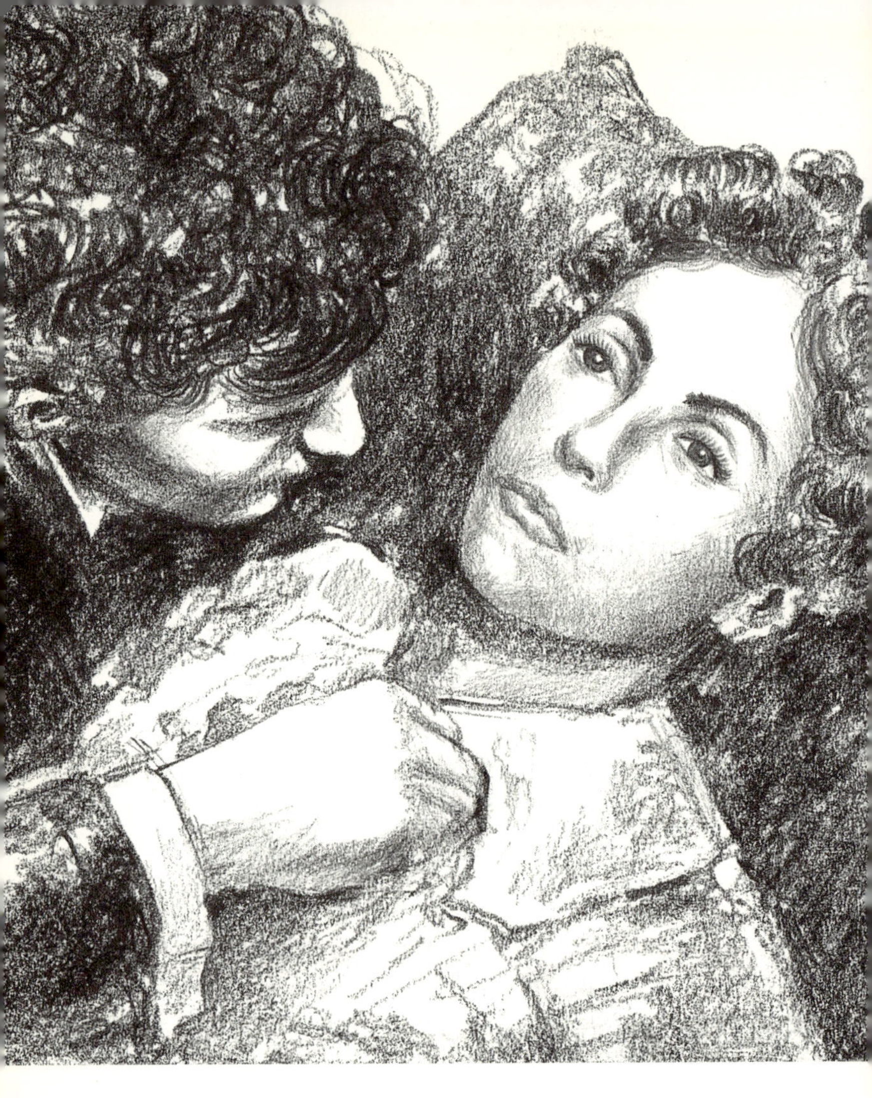

않는 편이 좋겠어요.”

그것은 레날 부인이 가장 듣고 싶은 말이었다. 또한 이야기를 마치고 나서 이마에 입맞춤을 해 주는 따스함 역시, 레날 부인이 어린 시절부터 꿈꾸어 왔던 사랑하는 사람들의 전형과도 같은 모습이었다.

‘나는 이제 쥘리앵이 없으면 살 수가 없어!’

레날 부인은 완벽한 사랑의 포로가 되어 버렸다. 하지만 쥘리앵은 아니었다. 그는 두 사람의 관계에 잠깐 동안 스쳐 지나가는 사랑의 유희 이상의 의미를 부여하지 않았다.

쥘리앵은 또한 신분의 차이에 대해 심한 자격지심을 갖고 있었다. 그래서 가끔씩 자신을 향한 레날 부인의 사랑이 얼마나 지속될 것인가에 대한 궁금증이 일곤 했다.

그러던 어느 날, 쥘리앵이 조심스럽게 입을 열었다.

“뛰어난 재능을 갖고 있으면서도 돈이 없다거나 신분이 낮아 성공하지 못한 젊은이들이 많아요. 저는 그런 친구들을 보면 마음이 아프답니다.”

그것은 쥘리앵 자신의 이야기였다. 하지만 레날 부인은 쥘리앵의 말 속에 스며 있는 의미를 읽어 내지 못했다. 아니, 쥘리앵이 자신과 같은 귀족 출신이 아니라거나 가난한 청년이라는 사실조차 인식하지 못하고 있었다.

"당신은 참으로 마음이 여린 사람이에요. 우리와는 아무런 상관도 없는 사람들 때문에 가슴 아파할 정도로 말이에요."

레날 부인의 말을 듣고 쥘리앵은 아차 싶었다. 그리고 레날 부인에게 아직까지 진심으로 마음을 열지 않은 사실을 다행으로 여겼다. 만약 쥘리앵이 레날 부인을 진심으로 사랑하는 상태에서 그런 말을 들었더라면 견딜 수 없을 만큼 큰 상처를 입었을 것이다.

그런 대화를 나눈 이후 쥘리앵은 의식적으로 레날 부인에게 살갑게 굴지 않았다. 그것은 레날 부인을 사랑하는 것이 아니라며 고개를 젓고 있으면서도 자꾸만 흔들리는 자신에 대한 경고이기도 했다. 하지만 쥘리앵을 향한 레날 부인의 사랑은 여전히 그대로였다.

두 사람 사이에 뜻하지 않은 시련이 닥쳤다. 레날 부부의 막내아들 스타니슬라스가 열병에 걸린 것이었다. 고열에 시달리는 막내아들이 헛소리와 함께 두 팔을 허공으로 뻗어 허우적거릴 때마다 레날 부인은 견딜 수 없는 자책감에 빠져들었다.

'외간 남자를 사랑한 내게 하느님이 심판을 내리신 거야.'

레날 부인은 그렇게 생각했다. 아무것도 모르는 자식들과 남편에게 그동안 자신이 얼마나 큰 죄를 짓고 있었는지 절감한 것이다. 레날 부인은 아들이 죽을까 봐 어쩔 줄 몰라 했다. 그 모든

것이 자신이 저지른 죗값이라는 생각이 들어 단 한순간도 마음
이 진정되지 않았다.

'다시는 죄를 짓지 않겠습니다. 하느님, 그러니 제발 스타니
슬라스를 데려가지 마세요! 이렇게 애원합니다.'

레날 부인은 틈이 날 때마다 무릎을 꿇고 그렇게 기도를 드
렸다. 하지만 막내아들의 병세는 자꾸만 악화되고 있었다. 레날
부인은 마음을 굳게 다잡고 쥘리앵을 만난 자리에서 단호하게
말했다.

"우리 집에서 나가 주세요, 쥘리앵! 우리가 함께 있는 한 내
아들의 병은 절대 낫지 않을 거예요. 하느님이 저를 용서하지
않을 테니까요."

레날 부인의 얼굴은 이미 눈물로 흥건히 젖어 있었다. 쥘리앵
의 가슴도 찢어지는 듯 아렸다. 지금껏 레날 부인과의 관계가
잠깐의 유희에 불과한 것이라 여겼던 그였지만, 막상 이별을 눈
앞에 두고 돌이켜 보니 자기 역시 레날 부인을 깊이 사랑하고
있었다는 사실을 깨달은 것이다.

쥘리앵은 레날 부인이 원하는 일이라면 무엇이든 들어주고
싶었다. 집에서 나가기를 원한다면 당연히 그렇게 해야 한다고
다짐했다. 하지만 막내아들이 생사의 기로에 서 있는 상황에서
그런 극단적인 결정을 한다는 것은 옳지 않은 판단이라는 생각

이 들었다.

"부인께서 제가 사라져 주기를 원하신다면 지금 당장 짐을 싸겠습니다. 그런 건 하나도 두렵지 않아요. 그러나 이 모든 고통을 부인께 통째로 떠안긴 채 떠날 수는 없습니다. 제가 도울 만한 일을 찾아볼게요. 하느님의 노여움이 풀릴 수만 있다면 제 목숨이라도 기꺼이 내놓겠습니다."

쥘리앵의 말에 레날 부인은 감격의 눈물을 흘렸다. 자신도 모르는 사이에 쥘리앵의 가슴에 얼굴을 묻었다. 사랑 가득한 쥘리앵의 진심이 그대로 전해져 온 것이었다.

"저는 지금 이 순간부터 부인을 여자가 아닌 누나라고 여길 것입니다. 그러면 하느님께서도 반드시 우리를 용서해 주실 겁니다."

두 사람이 그런 이야기를 나눈 이튿날부터 스타니슬라스의 병세가 거짓말처럼 호전되기 시작했다. 레날 부인이 오랜만에 밝은 미소를 보이며 쥘리앵에게 말했다.

"하느님께서 당신의 진심을 받아 주셨어요. 그래서 우리 막내가 목숨을 건질 수 있었어요. 고마워요, 쥘리앵!"

며칠 후 레날 부부의 막내아들 스타니슬라스는 건강을 회복했다. 그렇다고 해서 두 사람의 가슴속에 자리 잡고 있는 사랑의 불안까지 완전히 해소된 것은 아니었다.

한때 쥘리앵을 좋아해 청혼까지 했던 하녀 엘리자는 레날 부인의 심부름으로 베리에르로 향했다. 일을 모두 마친 엘리자는 빈민 수용소 소장 발르노를 찾아갔다. 발르노가 오랫동안 레날 부인의 주변을 맴돌았던 사실을 알고 있었기 때문이다.

사랑에 실패하는 바람에 쓰라림을 경험한 두 사람은 곧 깊이 있는 대화를 나눌 수 있었다. 엘리자는 쥘리앵과 레날 부인 사이에 흐르고 있는 이상한 기류에 대해 속속들이 들려주었다.

"소장님, 전 요즈음 기가 막혀 말이 나오지 않는답니다."

"왜? 레날 시장 댁에 무슨 일이라도 있었나?"

"하인들은 모두 알고 있으면서도 누구한테 말도 못 하고 있어요!"

"도대체 어떤 일이 벌어졌기에 그리 뜸을 들이는 거야?"

발르노는 몹시 궁금한 모양이었다. 그 역시 레날 시장을 경쟁자로 여기고 있을 뿐만 아니라, 레날 부인이 자신의 끈질긴 구애를 끝내 받아들여 주지 않아 심사가 뒤틀려 있었기 때문이다.

"그러니까, 그게……."

"아, 빨리 얘기를 해 보라니까 그러네!"

엘리자는 결국 그동안 벌어진 일을 숨김없이 털어놓았다.

"저희 집 마님과 가정 교사로 있는 쥘리앵이 서로 은밀한 사이가 된 것이 확실해요. 두 사람이 그런 관계였기 때문에 쥘리앵이 제 청혼을 과감하게 물리친 거라고요!"

발르노는 벌어진 입을 한동안 다물지 못했다.

"무려 6년이나 공을 들인 나는 손도 잡아 보지 못했는데, 그 새파란 애송이는 몇 달도 지나지 않아 레날 부인의 마음을 빼앗아 버렸다고?"

"그러게 말이에요!"

"쥘리앵이라는 그 친구, 가난한 제재소 집 아들 아냐?"

"맞아요!"

"내가 그런 놈에 비해 뭐가 부족하지? 그놈이 나보다 나은 게 뭐가 있어서 그 여자를 손쉽게 차지해 버린 거냐고?"

발르노는 자존심이 상했다. 가난한 평민의 아들한테 사랑의 패배자가 된 것이 분하고 원통해 견딜 수가 없었다. 발르노가 그렇게 안절부절못하는 사이에 엘리자는 조용히 그 집을 빠져나와 콧노래를 부르며 베르지로 향했다.

그로부터 이틀이 지난 날 저녁, 베르지의 별장에 머물고 있던 레날 시장에게 편지 한 통이 도착했다. 보낸 사람이 이름을 밝히지 않아 누가 보냈는지 확인이 불가능한 편지였다. 레날 시장에게 편지를 전해 준 하녀 엘리자는, 쥘리앵에게 이제 곧 모든 비밀이 탄로 날 것이라는 협박성 발언을 하고는 바람처럼 사라져 버렸다.

쥘리앵은 직감적으로 자신과 레날 부인에 대한 문제라고 생각했다. 그래서 레날 시장의 움직임을 면밀하게 관찰했다. 아니나 다를까, 발신인이 없는 편지를 끝까지 읽은 레날 시장의 두 눈은 곧 살인이라도 저지를 사람처럼 분노로 이글거렸다.

쥘리앵은 모든 정황을 종합해 레날 부인에게 알려 주었다. 레날 부인 역시 남편의 낌새가 평소와 달랐기 때문에 쥘리앵의 짐작이 틀리지 않을 거라는 생각을 하고 있었다.

그날 저녁, 쥘리앵은 레날 부인이 보낸 쪽지를 받았다.

사랑하는 쥘리앵!

지난밤엔 걱정 때문에 편히 잘 수 없었지요?

내게 좋은 생각이 있어요.

그러니 당신은 그대로 따라 주기만 하면 될 거예요.

우리가 무사하려면 발르노를 이용해야만 해요.

그러니 당신은 우선 내게 편지를 한 통 보내 주세요.

물론 발르노가 쓴 것처럼 해야겠지요.

발르노는 오래전부터 남편과 나 사이를 갈라놓으려 했어요.

따라서 그가 거짓말을 한 것으로 만들어야 한다는 말이에요.

무슨 뜻인지 아시겠지요?

일이 정리되면 당신을 베리에르로 보내도록 할게요.

무엇보다 남편이 눈치를 채면 안 되니까요.

사랑해요, 쥘리앵!

현명한 당신은 이 위기를 슬기롭게 이겨 낼 수 있을 거예요.

쥘리앵은 레날 부인이 보낸 쪽지를 보며 가장 바람직한 대처 방법이라고 생각했다. 그래서 곧 가짜 편지를 쓰기 시작했다. 하지만 레날 시장은 쥘리앵과 발르노의 글씨체를 알고 있었다. 그래서 책에 인쇄된 글자를 오려 붙여 짧은 편지를 완성했다.

나는 며칠 전, 부인의 남편에게 편지를 한 통 보냈소. 그 결과 부인은 남편으로부터 부정한 짓을 저지른 여자라는 낙인이 찍히게 될 거요. 하지만 아직 늦지 않았소. 부인이 내 마음을 받아 준다면, 나는 모든 것이 헛소문이었다는 사실을 남편에게 알려 줄 것이기 때문이오. 이제 부인의 선택만 남았소. 나는 부인이 현명한 판단을 내리리라 믿고 있겠소.

그날 저녁, 레날 부인은 쥘리앵으로부터 건네받은 발르노의 가짜 편지를 남편에게 보여 주었다. 편지를 읽은 레날 시장은 분노를 이기지 못해 어쩔 줄을 몰라 했다. 레날 부인이 억울하다는 듯한 표정을 지으며 말했다.

"아이들 공부도 좋지만, 이런 누명까지 뒤집어쓰면서 가정 교사를 두고 싶은 생각은 없어요. 그러니 우리 쥘리앵 선생을 내보내는 게 어때요?"

레날 시장이 대답했다.

"쥘리앵을 아주 내보내 버리자는 말이오?"

"쥘리앵 선생만 내보내면 모든 게 잠잠해질 거예요. 야비한 발르노가 또 어떤 일을 꾸밀지도 모르는 일이고요. 그 사람은 우리의 명예를 짓밟기 위해 무슨 일이든 할 수 있는 사람이에요."

레날 부인은 일부러 쥘리앵을 내보내야 한다는 말을 거듭 강조했다. 그러자 레날 시장은 당장이라도 발르노를 찾아가 담판을 지을 것처럼 자리에서 벌떡 일어났다.

"발르노, 그놈은 절대로 용서할 수 없는 인간이야!"

"지금 발르노를 만나려고요?"

"도저히 참을 수가 없소. 결투라도 신청해 놈을 영원히 매장해 버려야 직성이 풀리겠다는 말이오!"

"그러지 말아요. 그래 봤자 당신만 우스워지니까요. 그런 한심한 작자와 시비를 한다는 사실을 사람들이 알게 되면 당신 꼴

이 뭐가 되겠어요?"

"그런가?"

"그건 아마도 발르노라는 사람이 바라는 일일 거예요. 당신의 인격을 자신과 같은 수준으로 떨어뜨리기 위한 술수일 거란 말이지요."

그제야 흥분을 어느 정도 가라앉힌 레날 시장이 고개를 끄덕였다. 그리고 한참 동안 뭔가를 골똘히 생각하더니 입을 열었다.

"혹시 발르노 그놈이 쥘리앵을 우리 집에서 쫓겨나게 만든 다음, 자기 집으로 데려가려는 생각으로 이런 일을 벌인 게 아닐까?"

"그럴 수도 있겠지요. 베리에르 상류층에서는 우리 아이들에 대한 소문이 이미 파다하게 퍼져 있으니까요."

레날 시장은 자신에게 굽실거리지 않는 쥘리앵이 마음에 들지 않았다. 하지만 쥘리앵의 실력만은 충분히 인정하고 있었다. 그래서 만약 자신에게서 쫓겨난 쥘리앵이 발르노의 집으로 들어가 아이들의 입장이 뒤바뀌게 된다면, 그 또한 견딜 수 없는 치욕이라는 생각이 들었다.

레날 시장은 그 자리에서 당장 쥘리앵을 불렀다. 쥘리앵이 도착하자 싸늘한 표정을 하고 있던 레날 부인이 아랫사람에게 명령하듯 내뱉었다.

"쥘리앵 선생, 잠시 베리에르에 머물고 싶다고 한 적이 있었지요?"

"네, 부인."

"시장님께서 휴가를 주신답니다. 그러니 언제든지 떠나도록 해요."

"고맙습니다."

"하지만 난 아이들 공부를 멈추게 하고 싶지 않아요. 그래서 날마다 글을 짓게 한 다음 베리에르로 보낼 겁니다. 선생은 그걸 수정해서 다시 이곳으로 보내 주세요."

"알겠습니다, 부인."

레날 시장은 쥘리앵을 대하는 레날 부인의 냉랭한 태도가 마음에 쏙 들었다. 하지만 쥘리앵은 서로 합의하에 꾸민 연극임에도 불구하고 기분이 유쾌하지는 않았다.

그날부터 쥘리앵은 베리에르에 있는 레날 시장의 저택에서 지내게 되었다. 베리에르에 도착한 쥘리앵은 가장 먼저 셸랑 사제를 찾아갔다. 한번 옳다고 생각하면 끝까지 타협할 줄 모르는 고지식한 성격 때문에, 셸랑 사제는 귀족들은 물론 동료 신부들과도 원만하게 지내지 못했다. 그 결과 사제라는 직책에서 쫓겨나 집에서 독서로 소일하고 있는 중이었다.

쥘리앵은 날마다 셸랑 사제를 만났다. 셸랑 사제는 앞으로의 진로 문제도 상담해 주었고, 쥘리앵이 토로하는 모든 고민을 친구처럼 격의 없이 들어 주었다. 그래서 쥘리앵은 곧 마음의 평화를 찾을 수 있었다.

그러던 어느 날, 쥘리앵은 거리에서 발르노 소장과 마주쳤다. 발르노는 아주 반가운 몸짓으로 쥘리앵을 불러 세웠다.

"아니, 이게 누구야? 쥘리앵 아닌가?"

"예, 안녕하십니까?"

"자네가 이곳에 와 있다는 소식은 들었네. 레날 시장과 사이가 좋지 않다던데, 이번 기회에 아예 우리 집으로 들어올 생각은 없나? 급료는 레날 시장보다 훨씬 더 많은 금액을 보장해주겠네."

발르노 역시 가정 교사로서는 쥘리앵을 높이 평가하고 있었다. 하지만 쥘리앵은 고민할 것도 없이 고개를 가로저었다. 발르노 소장은 레날 시장보다 속물근성이 더 강한 사람이라는 것을 알고 있었기 때문이다.

브장송 신학교에 입학하다

쥘리앵이 베리에르에 도착해 혼자 지낸 지 두 달쯤 지났을 때, 레날 시장의 가족도 모두 베리에르에 있는 저택으로 돌아왔다. 쥘리앵은 레날 부인을 날마다 볼 수 있다는 생각에 기분이 좋아졌다. 하지만 레날 부인의 입장은 그와 달랐다.

레날 부인은 자신의 부정함을 자책하고 있었다. 자신 때문에 남편이 큰 고통을 받게 되었을 뿐만 아니라, 뻔뻔하게 거짓말까지 한 것이 마음에 걸렸다. 그런 까닭에 이제는 남편을 배신하는 일은 절대 하지 않겠다는 생각을 하고 있었다.

그러면서도 레날 부인의 가슴속에는 쥘리앵에 대한 사랑이 식지 않은 채 언제 폭발할지 모르는 화약고처럼 잠재되어 있었다. 게다가 발르노의 편지 때문에 모든 것이 엉키기 시작한 지 반년이 지나 겨울이 되었지만, 레날 부인에 대한 소문은 여전히 잦아들지 않은 상태였다.

레날 시장은 자신의 아내가 뭇사람들의 입에 오르내리는 것을 대수롭지 않게 여기는 듯했다. 하지만 레날 시장의 속마음은 당장 아내를 내치고 싶었다. 그럼에도 불구하고 참고 있는 것은 오직 아내의 재산 때문이었다.

레날 부인은 친정에서 엄청난 재산을 상속받을 수 있는 위치에 있었다. 그런 레날 부인과 이혼을 하게 된다면, 단 한 푼의 재산도 손에 쥘 수 없었다. 레날 시장이 대범한 척하고 있는 것은 바로 그런 이유에서였다. 아내에 대한 사람들의 이야기는 다 헛소문이라고 스스로 믿어 버리는 것이 자신의 정신 건강을 위해서도 나쁘지 않다는 판단을 한 것이었다.

한편, 레날 부인의 하녀였던 엘리자는 발르노의 소개로 다른 귀족 집으로 자리를 옮겼다. 상당한 시간이 지났고 일자리까지 옮겼지만, 쥘리앵에 대한 분노는 여전히 가시지 않았다. 어떻게든 통쾌하게 복수하고 말겠다는 신념만 더욱 강해지고 있었다.

고민을 거듭하던 엘리자는 쥘리앵이 신학교에 들어가 공부를 마친 뒤 성직자가 되려는 꿈을 갖고 있다는 생각을 해냈다. 그래서 성당에 나가 고해 성사를 하면서 쥘리앵이 했던 지난 행동들을 용서해 달라고 대신 부탁해야겠다는 결심을 하기에 이르렀다.

그렇게 해서 엘리자는 쥘리앵과 레날 부인 사이에 벌어진 일들을 고스란히 셀랑 사제에게 들려주었다. 쥘리앵을 무척 아끼고 있던 셀랑 사제는 눈앞이 캄캄했다. 그리고 잠시 후, 무슨 수를 써서라도 쥘리앵을 악의 구렁텅이에서 꺼내야겠다는 생각을 하게 되었다.

셀랑 사제는 곧 쥘리앵을 불러들였다. 그리고 안타까운 표정으로 한참 동안 쥘리앵의 얼굴을 빤히 쳐다보았다. 평소와는 조금 다른 셀랑 사제의 행동에 쥘리앵이 먼저 물어보았다.

"신부님, 무슨 좋지 않은 일이라도 있었습니까?"

셀랑 사제가 비통한 목소리로 대답했다.

"아주 우연한 기회에 자네의 비밀을 알게 되었네. 너무나 어처구니없는 일이라 믿고 싶지 않아 거듭 물었지. 하지만 모든 것이 사실이라는 말만 들을 수 있었다네."

쥘리앵은 셀랑 사제가 무슨 말을 하는지 금세 알아들을 수 있었다. 그러나 쥘리앵은 아무런 대꾸도 할 수 없었다. 그래서 고개를 깊이 떨어뜨린 채 묵묵히 셀랑 사제의 다음 말을 기다리고 있었다.

"지난 일에 대한 잘잘못을 따져 묻지는 않을 걸세. 하지만 나는 그 일로 인해 자네의 인생이 망가지는 모습을 보고 싶지 않다네. 그러자면 방법은 오직 두 가지뿐이네. 나는 먼저, 내가 제시한 두 가지 방법 중에서 하나를 선택해 실천에 옮길 의지가 자네한테 있는지 묻지 않을 수 없다네. 자, 어떻게 할 텐가?”

쥘리앵은 여전히 고개를 숙인 채 작은 목소리로 대답했다.

“그렇게 하겠습니다.”

셸랑 사제가 말을 이었다.

“한시라도 빨리 레날 시장의 집에서 나와야 한다는 사실은 누구보다 자네가 더 잘 알고 있을 걸세.”

“예.”

“그렇다면 내가 제시하는 첫 번째 방법은 브장송 신학교에 입학하는 것이네. 그리고 두 번째 방법은 자네 친구인 푸케 밑으로 들어가 장사를 배우는 거야. 단, 어떤 방법을 선택하든 자네는 당분간 베리에르에서 벗어나 생활을 해야 하네. 그래야 세상이 조용해질 테니까…….”

“알겠습니다.”

그렇게 대답은 했지만 쥘리앵은 그저 앞일이 막막할 뿐이었다. 하지만 끝까지 자신을 지켜주기 위해서 안간힘을 쓰고 있는 셸랑 사제에게 아버지와도 같은 정을 가슴 깊이 느꼈다.

레날 시장의 저택에 도착한 쥘리앵은 곧 레날 부인을 만나 브장송 신학교에 입학하겠다고 말했다. 레날 부인 역시 두 사람이 더 이상 만나서는 안 되는 사이라는 사실을 누구보다 절감하고 있었다.

"그렇게 하세요, 쥘리앵. 어려운 결정을 한 당신이 대견해요. 나도 마음이 아프지만 최선을 다해 견딜게요."

쥘리앵은 가슴이 찢어질 듯 아렸다. 하지만 지금은 그런 감정에 연연할 때가 아니었다. 이별을 준비할 시간인 것이었다.

그로부터 일주일 후, 쥘리앵은 브장송에 도착했다. 브장송은 소문처럼 아름다운 도시였다. 쥘리앵은 서두르지 않고 볼거리가 많은 거리를 산책하듯 거닐면서 신학교를 향해 걸음을 옮겼다.

브장송 신학교는 지나칠 만큼 혹독하게 공부를 시키는 곳으로 유명했다. 정문 앞에 선 쥘리앵은 공부를 마치는 순간까지 감옥살이를 한다는 생각으로 독하게 견딜 예정이었다. 하지만 두근거리기 시작한 가슴은 쉬 진정되지 않았다. 쥘리앵은 심호흡을 몇 차례 한 다음에야 겨우 초인종을 누를 수 있었다.

한참 만에 무뚝뚝하게 생긴 남자가 문을 열어 주었다.

"쥘리앵 소렐입니다. 교장이신 피라르 신부님을 뵈러 왔습니다."

그 남자는 말투 역시 생김새만큼이나 무뚝뚝했다.

“이쪽에서 잠시 기다리게.”

남자는 거의 한 시간이 지난 후에야 다시 모습을 드러냈다. 그것도 복도 끝에 있는 방에서 고개를 쑥 내밀더니 밑도 끝도 없이 손짓을 하는 것이었다. 기다림에 지친 쥘리앵은 그나마 반가운 마음이 들어 남자가 있는 곳으로 걸음을 옮겼다.

그곳은 피라르 신부의 방이었다. 신부는 뭔가를 읽고 있다가 인사를 하는 쥘리앵을 안경 너머로 힐끗 쳐다보며 입을 열었다.

“자네가 쥘리앵 소렐인가?”

“네, 그렇습니다.”

“셸랑 사제가 자네를 위해 소개장을 보냈구먼. 그는 주교구에서도 훌륭한 신부로 소문이 나 있다네. 나하고도 30년 지기야.”

“예.”

피라르 신부의 이야기는 대답을 바라는 말이 아니었다. 따라서 쥘리앵은 그렇게 대답할 수밖에 없었다. 피라르 신부는 다시 셸랑 사제가 보낸 소개장으로 시선을 옮겼다. 그러더니 느닷없이 그중 일부를 읽어 내려갔다.

“쥘리앵은 가능성이 많은 청년입니다. 잘 가르친다면 훌륭한 성직자가 될 수 있을 것입니다. 그러나 저는 모르겠습니다. 그에게 정말로 성직자가 되고 싶은 마음이 있는 것인지……. 그의 마음을 확인해 보셨으면 좋겠습니다."

쥘리앵은 얼굴이 화끈거렸다. 소개장치고는 너무나 솔직한 내용이 그대로 담겨 있었기 때문이다. 피라르 신부 역시 이상한 생각이 들었는지, 쥘리앵의 얼굴을 한 번 힐끗 쳐다본 뒤 계속 읽었다.

"시험을 쳐 성적순으로 따진다면, 그는 당당하게 장학생 자격을 얻을 수 있으리라 확신합니다. 하지만 예비 성직자에게 시험 성적이 전부는 아니지 않습니까? 따라서 그가 마음에 들지 않으면 두말없이 돌려보내셔도 무방합니다. 그럼 주님의 은총이 함께……."

결국 실력은 충분히 갖추고 있으므로, 인간성을 판단해서 결정을 내려 달라는 내용의 소개장이었다. 내용을 모두 들은 쥘리앵은 처음의 당혹스러움에서 조금은 벗어날 수 있었다.

"셸랑 사제는 아무한테나 소개장을 써 주지 않는 사람이야. 우리 학교 학생 수가 321명인데, 그의 추천을 받은 사람은 열 명도 되지 않을 정도지. 어쨌든 나는 자네에게 특별 대우 같은 걸 해 주지 않을 생각이네. 그리고 무슨 잘못을 저질러 셸랑 사제의 마음을 아프게 했는지는 모르지만, 이 학교에 들어온 이상 나는 그런 일을 절대로 용납하지 않을 것일세."

피라르 신부는 쥘리앵을 이미 자신의 제자로 여기는 듯한 말투를 썼다. 그래서 쥘리앵은 큰 소리로 대답했다.

"알겠습니다, 신부님!"

쥘리앵은 셸랑 사제의 얼굴을 떠올렸다. 그분은 별로 길지 않은 소개장 하나에 쥘리앵의 모든 것, 이를테면 심리 상태까지도 피라르 신부에게 알려 준 셈이었다. 쥘리앵은 마음속으로 멀리 있는 셸랑 사제를 향해 감사의 인사를 드렸다.

잠시 후, 피라르 신부가 입을 열었다.

"셸랑 사제가 큰소리친 이유를 알아야겠어."

"예?"

"자네 실력이 대체 어느 정도이기에 셸랑 사제가 그토록 자신만만하게 말할 수 있는지, 시험을 쳐 봐야겠다는 말일세."

"아, 예."

"소개장에 따르면 라틴 어 실력이 상당히 높은 수준인 듯싶은데, 자네의 실력이 어느 정도 되는지 내게 보여 줄 수 있겠나?"

피라르 신부가 라틴 어로 물었다. 쥘리앵 역시 라틴 어로 자신이 라틴 어 공부를 어느 정도 했는지 대답해 주었다. 두 사람의 라틴 어 대화는 그렇게 시작되었다. 처음에는 가볍게 시작한 대화의 주제가 시간이 흐를수록 점점 더 깊이를 더해 갔다.

그리고 마지막은 성경에 대한 내용이었다. 쥘리앵은 피라르 신부의 어떤 질문에도 단 한 차례도 막힘없이 유창하게 대답했다. 그렇게 세 시간이 흘렀다. 시험을 하는 피라르 신부도, 시험을 치르는 쥘리앵도 이마에 흐르는 땀방울을 닦아 내고 있었다.

시험을 마친 피라르 신부는 쥘리앵의 라틴 어 실력과 깊이 있는 공부에 감탄을 거듭했다. 마지막에는 질문을 던지는 눈빛마저도 달라졌을 정도였다. 쥘리앵은 그렇게 피라르 신부의 마음을 사로잡았다.

"셸랑 사제의 사람 보는 눈은 역시 정확해! 매번 감탄하지 않을 수가 없다니까. 다른 건 다 좋은데, 자넨 몸이 좀 약한 것 같구먼."

"그렇지 않습니다. 신부님을 처음 뵙는 자리라 긴장해서 그렇게 보이는 겁니다."

쥘리앵은 한결 여유 있는 표정으로 대답했다. 피라르 신부는 곧 쥘리앵이 처음에 보았던 무뚝뚝한 남자를 불러, 쥘리앵이 앞으로 사용하게 될 숙소로 데려가라고 일렀다. 그곳은 쥘리앵이 혼자 쓸 수 있는 방이었다. 처음 이야기와는 달리 피라르 신부는 쥘리앵에게 특별 대우를 해 준 것이었다.

쥘리앵의 브장송 신학교 생활은 그렇게 시작되었다. 모든 것이 낯설기만 한 쥘리앵은 매사에 조심스럽게 행동했다. 동료 학생들과의 대화에서도 겸손함을 잃지 않았다. 그것이 셸랑 사제나 피라르 신부에 대한 예의라고 생각했기 때문이다.

그렇다고 해서 자신을 제외한 321명의 동료에 대한 경쟁의 식까지 버린 것은 아니었다. 오히려 그 반대였다. 쥘리앵은 어떻게든 열심히 공부해서 그들과는 비교도 되지 않을 만큼 뛰어난 실력을 갖추어야 한다고 스스로에게 다짐하곤 했다.

신학교에 들어온 지 며칠 만에 쥘리앵은 학생들 사이에 여러 파벌이 존재하고 있다는 사실을 알게 되었다. 같은 신학도임에도 불구하고 생각과 목표는 천차만별이었고, 그에 따른 시기와 질투가 어느 집단 못지않게 상존하고 있었던 것이다. 그러한 현상은 이미 성직자가 된 사제들 역시 마찬가지였다.

며칠 후, 쥘리앵은 자신의 고해 성사를 받을 신부를 지목하게 되었다. 동료 학생들 중에서 베리에르 출신인 어떤 친구가 다가와 충고를 해 주었다.

"쥘리앵, 되도록이면 카스타네드 신부를 선택해."

"왜?"

"카스타네드 신부는 피라르 신부와 앙숙이야."

"그런데?"

"지금 우리 학교의 실권은 카스타네드 신부에게 있어. 그러니 만약 피라르 신부를 지목하면 여러 가지로 불이익을 당할 가능성이 높아."

"사제들 사이에도 그런 알력이 있어?"

"아마도 바깥세상보다 훨씬 더 심할걸?"

그 친구의 이야기는 쥘리앵의 입장에서 아주 결정적인 정보였다. 하지만 쥘리앵은 카스타네드 신부를 지목하지 않았다. 처음 생각해 두었던 대로 피라르 신부를 선택한 다음, 공부에만 모든 정열을 쏟아부었다. 특히 학생들 사이에 만연한 파벌 싸움에는 눈도 돌리지 않았다.

쥘리앵은 책에 나와 있는 모든 내용을 머릿속에 집어넣어 버릴 작정이었다. 이해가 되지 않으면 무조건 외웠다. 공부가 재미있어서 하는 것은 아니었다. 그것만이 성공의 길을 열어 줄 열쇠이기 때문에 매달릴 수밖에 없었던 것이다.

피라르 신부는 그런 쥘리앵이 기특하고 대견했다. 쥘리앵을 본 첫날 예견했던 것처럼 쥘리앵은 곧 모든 과목에서 특출한 성적을 거두었다. 그런데 언젠가부터 레날 부인에게서 편지가 오기 시작했다.

피라르 신부는 고민 끝에, 공부에 열중하고 있는 쥘리앵에게 레날 부인의 편지는 방해가 될 것이기 때문에 전해 주지 않는 것이 바람직하다는 결론을 내렸다. 그래서 레날 부인의 편지는 봉투가 열리기도 전에 불살라지고 말았다.

피라르 신부의 쥘리앵에 대한 깊은 애정은 다른 학생들의 불만을 사기도 했다. 쥘리앵이 가난한 장사꾼의 아들이라는 사실을 모든 학생들이 알게 되자, 그런 쥘리앵을 감싸고도는 피라르 신부를 경멸하는 학생들까지 생겨났다.

공부에만 열중하는 쥘리앵을 눈여겨보는 신부가 또 한 사람 있었다. 그는 대성당에서 미사 진행을 맡고 있는 베르나르 신부였다. 베르나르 신부는 대성당에서의 역할 이외에도 신학교 학생들에게 설교법을 강의하고 있었다. 쥘리앵은 그 과목에서도 늘 첫 번째 석차를 차지하곤 했다.

성체 축일을 앞두고 베르나르 신부가 쥘리앵을 불렀다.

"부르셨습니까, 신부님."

"그래. 자네에게 부탁이 있어서 불렀다네, 쥘리앵."

"말씀하십시오."

"이번 성체 축일 기념행사 때, 대성당 장식을 자네가 도와줬으면 좋겠는데. 괜찮을지 모르겠구먼."

"기꺼이 돕겠습니다."

쥘리앵은 약속한 날 아침, 일찌감치 대성당에 도착했다. 그런데 베르나르 신부는 더 일찍 나와 쥘리앵을 기다리고 있었다.

"장식하는 일이 생각보다는 힘들 거야. 시간도 많이 소요될 테고……."

"괜찮습니다."

베르나르 신부의 말처럼 대성당 장식은 쉬운 일이 아니었다. 하지만 쥘리앵은 최선을 다했다. 그래서 행사가 시작되기 전까지 처음에 계획했던 모든 작업을 무사히 마칠 수 있었다.

"수고했네, 쥘리앵. 처음 하는 일을 이토록 완벽하게 해내다니, 정말 고맙네. 대성당이 이렇게 멋지게 장식될 줄은 몰랐어."

베르나르 신부는 쥘리앵이 흘린 땀보다 훨씬 더 과분한 칭찬을 해 주었다.

그로부터 며칠 후, 쥘리앵은 피라르 신부로부터 부름을 받았다. 쥘리앵이 교장실에 도착하자 피라르 신부가 그 어느 때보다 반갑게 맞아 주었다.

"대성당 장식 때문에 베르나르 신부가 칭찬을 많이 하더구먼. 덩달아 나까지 기분이 좋아졌다네."

"저는 그저 시키는 대로 했을 뿐입니다."

쥘리앵은 여전히 겸손함을 잃지 않았다.

"나는 개인적인 사정이 있어 곧 학교를 그만둔다네. 그래서 자네에게 선물을 하나 준비했지."

"무슨……?"

"나는 지금 자네를 성경 복습 교사로 임명할 걸세."

피라르 신부의 말에 쥘리앵은 깜짝 놀랐다.

"그게 정말이십니까, 신부님?"

"그럼, 정말이고말고!"

"감사합니다, 신부님!"

쥘리앵은 자신도 모르는 사이에 피라르 신부의 손등에 입을 맞추었다. 학생이 곧바로 교사로 임명된다는 것은 무척 영예로운 일이었다. 게다가 교사가 되면 받을 수 있는 혜택 또한 만만치 않았다.

쥘리앵이 성경 복습 교사가 되었다는 소식은 금세 학생들에게 전해졌다. 그런데 웬일인지 학생들 대부분이 쥘리앵의 교사 임명 소식을 담담하게 받아들였다. 어떤 친구들은 쥘리앵을 찾아와 축하의 말을 전하기도 했다. 불과 얼마 전까지 쥘리앵에게 모멸감을 안겨 주었던 친구들 역시 깍듯하게 대했다.

쥘리앵은 마음속으로 피라르 신부를 떠올리며 진심으로 감사의 마음을 전했다.

라몰 후작을 만나다

브장송 신학교 학생들은 일제히 종합시험을 보았다. 문제를 출제하고 성적을 종합하는 일은 프릴레르 부주교의 주관 아래 그가 추천한 시험관들이 맡게 되었다. 그런데 프릴레르 부주교는 매사에 피라르 신부와 의견 대립을 보이는 사제였다.

쥘리앵은 종합시험에서도 발군의 실력을 자랑했다. 시험관들이 어떤 문제를 제시하든 쥘리앵의 대답은 막힘이 없었다. 그래서 시험관들이 오히려 놀랄 지경이었다. 같이 시험을 치르는 학생들 역시 쥘리앵과의 경쟁은 일찌감치 포기한 상태였다.

하지만 프릴레르 부주교와 시험관들은 쥘리앵에게 수석 자리를 주고 싶은 생각이 털끝만큼도 없었다. 쥘리앵이 피라르 신부를 가장 잘 따르는 학생이라는 사실을 모두 알고 있었던 까닭이었다.

"쥘리앵이 수석을 차지하면 프릴레르 부주교님 체면이 많이 구겨질 텐데, 뭔가 방법을 찾아야 하지 않겠어요?"

"그래요. 쥘리앵이 피라르 신부의 애제자라는 사실을 누구나 알고 있는데, 그 친구한테 수석을 줄 수는 없지요."

"방법을 찾아야 합니다. 이참에 쥘리앵한테 치명적인 상처를 줘야 해요. 그래서 공부를 아예 포기하게 만드는 것도 나쁘지는 않지요."

시험관들은 결국 기가 막힌 방법을 생각해 냈다. 그것은 바로 종교와 상관없는 라틴계 시인들에 대한 질문을 하는 것이었다. 하지만 쥘리앵은 평소에 다양한 장르의 책을 많이 읽었기 때문에 그 분야에 있어서도 막힘없는 대답을 할 수 있었다.

시험이 끝나자 시험관이 쥘리앵에게 말했다.

"신학생의 본분은 종교 연구에 있다. 그런데 자네는 종교가 아닌 다른 분야에 상당한 시간을 투자했어. 그건 신학교 학생으로서 용서받을 수 없는 일이다!"

그렇게 해서 쥘리앵은 198등에 해당하는 종합 점수를 받았다. 시험관들은 그렇게 함으로써 피라르 신부와 사이가 좋지 않은 프릴레르 부주교의 자존심을 세워 주었다고 생각했다.

하지만 결과는 반대였다. 학생들이 오히려 시험관들을 비난하고 나선 것이었다. 다른 곳도 아닌 신학교에서 성적을 조작하는 비열한 짓을 저지르는 사제가 있다면서, 두고두고 프릴레르 부주교와 시험관들의 뒤통수를 간지럽게 했다.

그런 소용돌이의 중심에 선 쥘리앵은 오히려 그 누구보다 차분했다. 그리고 시험 성적에 대해서는 말 한마디 꺼내지 않았다. 그래서 피라르 신부는 쥘리앵을 더욱 신임하게 되었다.

그로부터 한 달쯤 지난 어느 날, 쥘리앵에게 편지 한 통이 배달되었다. 편지에는 발신인의 이름이 쓰여 있지 않았다. 다만 짧은 글과 함께 500프랑이라는 거금이 들어 있었다.

쥘리앵 소렐, 나는 학문에 대한 그대의 열정을 매우 높이 평가하고 있소. 따라서 그대가 라틴계 문학에 대한 연구를 계속한다면 매년 500프랑의 후원금을 보낼 생각이오.

브장송 신학교 학생들은 가족이 아닌 사람으로부터 후원금을 받는 것을 신의 은혜로 여겼다. 기쁨에 찬 쥘리앵은 편지와 함께 후원금을 보낸 사람이 레날 부인일 것이라고 확신했다. 그녀를 제외한다면 그 누구도 자신을 위해 거금을 쾌척할 만한 사람이 없었기 때문이다.

하지만 쥘리앵에게 후원금을 보낸 사람은 레날 부인이 아니었다. 그 주인공은 바로 라몰 후작이라는 인물이었다. 라몰 후작은 피라르 신부와 친분이 있는 고위 관료로, 우연한 기회에 쥘리앵에 대한 이야기를 듣고 후원금을 보낸 것이었다.

라몰 후작은 몇 년 전 브장송에 있는 땅의 소유권 때문에 프릴레르 부주교와 소송을 벌인 적이 있었다. 그 땅은 분명 라몰 후작의 소유가 확실했다. 하지만 프릴레르 부주교와의 소송은 쉽지가 않았다. 브장송에서는 프릴레르 부주교의 권위가 거의 절대적이었기 때문이다.

라몰 후작이 궁지에 몰려 땅을 빼앗길 위기에 처해 있을 때 결정적인 증언을 해 준 사람이 피라르 신부였다. 피라르 신부는 개인적인 친분이나 종교적인 동질 의식보다 진실과 정의가 우선해야 한다고 생각하는 사람이었다. 그래서 모든 것을 접어 둔 채 라몰 후작의 손을 들어 준 것이었다.

라몰 후작은 결국 재판에서 종교라는 거대한 힘을 등 뒤에 숨긴 채 브장송을 좌지우지하던 프릴레르 부주교를 이길 수 있었다. 따라서 땅에 대한 소유권 역시 계속해서 유지하게 되었다. 그 이후 라몰 후작은 피라르 신부에 대해 절대적인 신뢰를 보냈다.

라몰 후작은 어떤 식으로든 피라르 신부를 돕고 싶었다. 하지만 피라르 신부는 라몰 후작의 도움을 받으려 하지 않았다. 그러던 중에 피라르 신부가 신임하는 쥘리앵이 프릴레르 부주교 세력에 의해 참담한 수모를 겪었다는 소식을 들은 것이었다.

라몰 후작은 쥘리앵에게 후원금을 보내는 한편, 피라르 신부를 위해 파리 인근에서 가장 환경이 좋은 교구의 사제로 갈 수 있도록 조치를 취했다. 피라르 신부는 그것까지 거절하지는 않았다. 뜻이 맞지 않는 신부들과의 신경전에 진저리가 났기 때문이었다.

학교를 떠난 피라르 신부는 곧 파리에 도착했다. 라몰 후작은 피라르 신부를 무척 반갑게 맞아 주었다. 서로 안부를 묻고 나자 라몰 후작이 조심스럽게 입을 열었다.

"그런데 신부님, 한 가지 중요한 부탁이 있습니다."

피라르 신부는 라몰 후작이 매우 신중한 사람이라는 것을 알고 있었기 때문에 자세를 고쳐 앉으며 후작의 다음 이야기를 기다렸다.

"말씀하시지요."

"지금 저는 새로운 법안을 마련하고 있는 중입니다. 저와 뜻을 함께하는 궁정 대신들 역시 각자 맡은 임무에 따라 최선을 다하고 있지요."

"새로운 시도를 한다는 건 늘 힘이 들게 마련입니다."

"바로 보셨습니다. 그래서 제 일을 도와줄 비서가 필요합니다. 대단히 외람된 말씀입니다만, 그 일을 신부님께서 맡아 주실 수는 없는지…….”

"글쎄요."

"신부님께서 사제직으로 가시겠다면 어쩔 수 없지만, 하여튼 제 희망 사항은 그렇습니다.”

라몰 후작의 부탁은 간절했다. 그만큼 절실하다는 말이었다. 하지만 피라르 신부는 후작의 비서로 자신이 어울리지 않는다고 생각했다. 오히려 쥘리앵이라면 그 일을 효과적으로 해낼 수 있을 듯싶었다.

"저는 사제 이외의 일을 생각해 본 적이 없는 사람입니다. 세상 물정에도 어두운 편이어서 후작님을 제대로 보필할 수 없을 겁니다.”

"아, 그렇다면 거절하시는 거군요…….”

라몰 후작의 눈에 실망의 빛이 완연했다. 그러자 피라르 신부가 엷은 미소를 머금으며 말을 이었다.

"그 대신 저보다 비서 일을 훨씬 더 잘할 수 있는 청년 한 명을 소개해 드리면 괜찮지 않겠습니까?”

"그래요? 신부님 주변에 그런 청년이 있습니까?”

"그렇습니다. 쥘리앵 소렐이라는 젊은이로, 후작님의 업무를 보좌하는 비서로서의 역할을 충분히 잘 해낼 수 있을 것입니다.”

실망 가득했던 라몰 후작의 눈빛에 생기가 돌았다. 그 역시 쥘리앵에 대해서는 이미 상당한 이야기를 들은 바가 있기 때문이었다.

“신부님께서 자신 있게 추천하실 정도라면 걱정하지 않아도 괜찮겠지요? 저는 신부님 의견에 따르겠습니다.”

“쥘리앵이 도착하거든 직접 시험해 보시지요.”

피라르 신부는 그 자리에서 쥘리앵에게 편지를 썼다. 모든 일을 제쳐 놓고 파리로 올라오라는 피라르 신부의 편지에, 쥘리앵은 세상 만물을 얻은 것처럼 기뻤다. 자신이 꿈에도 그리던 출세의 길이 조금씩 열리고 있다는 생각이 들었기 때문이다.

브장송 신학교 생활을 정리한 쥘리앵은 먼저 베리에르로 향했다. 레날 부인을 만나기 위해서였다. 그때까지도 쥘리앵은 레날 부인이 자신을 위해 후원금을 보내 준 것으로 알고 있었다.

베리에르에 도착한 쥘리앵은 날이 어두워지기를 기다렸다. 그리고 심부름꾼을 시켜 사다리를 레날 부인의 침실 밑에 준비해 두었다. 모두가 잠들 시간이 되자 쥘리앵은 사다리를 타고 올라가 2층에 있는 레날 부인의 침실 창문을 두드렸다.

“쥘리앵입니다. 창문을 열어 주세요!”

화들짝 놀란 레날 부인이 창문을 열었다.

"이게 무슨 짓이에요?"

레날 부인은 얼굴이 벌겋게 상기된 채 화가 나서 물었다. 하지만 쥘리앵은 단숨에 창문을 뛰어넘어 방 안으로 들어갔다.

"당신이 그리워 미치는 줄 알았어요. 그래서 이렇게 찾아왔습니다."

하지만 레날 부인의 반응은 몹시 차가웠다. 그동안의 잘못을 가슴 깊이 뉘우친 뒤, 앞으로는 남편만을 위해 살기로 마음을 먹었기 때문이다.

"나는 이제 당신을 사랑하지 않아요. 그러니 당장 돌아가세요!"

그러나 쥘리앵은 알고 있었다. 레날 부인의 눈빛에서 견딜 수 없는 고통의 흔적을 발견했기 때문이다. 발길을 돌리려는 쥘리앵의 눈에서 눈물이 흘러내렸다. 그 모습을 본 레날 부인의 인내심은 단번에 무너지고 말았다.

두 사람은 누가 먼저랄 것도 없이 서로를 있는 힘껏 끌어안았다. 그들은 곧 서로를 향한 사랑이 조금도 식지 않았다는 사실을 확인할 수 있었다.

"부인을 위해 아무것도 한 게 없는 저한테 얼마 전 500프랑이나 되는 후원금을 보내셨지요?"

쥘리앵이 한참 만에 입을 열었다.

"아니에요. 저는 아무것도 보내지 않았어요."

후원금 이야기는 레날 부인에게 금시초문이었다.

그 후로도 두 사람은 한참 동안 이야기를 나누었다. 오랜만에 만난 만큼 후원금 이야기는 그다지 중요하지 않았다. 얼굴을 마주할 수 있다는 사실 자체가 행복이고 즐거움이었기 때문이다.

분위기가 한창 무르익어 가던 순간이었다.

"문 열어! 당장 문을 열란 말이야!"

레날 시장이 문밖에서 고래고래 고함을 질렀다.

"쥘리앵이란 놈이 그 안에 있는 줄 다 알고 있다고! 나도 이제 더 이상 못 참겠어! 오늘로 너희 두 연놈을 이 세상에서 깨끗하게 정리하고 말 거야!"

남편의 고함에 레날 부인은 온몸을 부들부들 떨었다. 쥘리앵 역시 조금 더 신중하게 처신하지 못한 스스로를 책망했다. 하지만 이미 늦은 일이었다.

"난 창문으로 뛰어내릴게요. 잠시 시간을 끌면서 당신도 위기를 벗어날 방법을 찾아야 해요. 도둑이 들었다거나 하는 임기응변을 해서라도 꼭 무사해야 돼요! 알았지요?"

말을 마친 쥘리앵은 단번에 1층으로 뛰어내렸다. 그리고 냅다 달리기 시작했다. 잠시 후 등 뒤에서 총소리가 들려왔다. 하지만 총알에 맞지는 않았다. 쥘리앵은 그렇게 밤새워 달려 베리에르를 벗어났다.

이튿날 오후, 쥘리앵은 파리에 도착했다. 프랑스 사람이라면 누구나 동경하는 수도 파리였지만 쥘리앵의 표정은 심드렁할 수밖에 없었다. 레날 부인의 안부가 걱정되어 다른 곳에는 신경 쓸 겨를이 없었던 것이다.

'제발 무사해야 해요. 그래야 내가 성공하는 모습도 볼 수 있잖아요! 그리고 레날 시장한테 무슨 일을 당하든 견뎌요. 나중에 내가 백배 천배로 보상해 드릴게요.'

쥘리앵은 속으로 그렇게 다짐했다. 그리고 피라르 신부를 만났다. 피라르 신부는 라몰 후작에 대한 여러 가지 이야기를 자세하게 들려주었다. 앞으로 쥘리앵이 해야 할 일에 대한 것들 역시 마찬가지였다.

"라몰 후작은 충분히 존경받을 만한 인격을 가진 사람이야. 게다가 우리나라를 좌지우지할 수 있는 귀족 중 한 사람이라네."

"예."

"그리고 내가 이곳에 있는 학교 측에 미리 양해를 구해 놓았으니, 아무리 일이 바쁘더라도 일주일에 세 번은 신학교에 나가야 하네. 그건 신학도로서 반드시 지켜야 할 의무야."

"그렇게 하겠습니다."

"비서는 상관이 진행하는 일을 돕는 것이 전부라고 할 수 있다네. 그러니까 너무 앞서 가면 헛일이 될 수도 있는 반면에, 너무 뒤처지면 능력이 없다는 말을 듣게 되지."

"예."

"라몰 후작에게 능력을 인정받게 되면 앞으로 많은 도움을 받을 수 있을 거야. 그러니 최선을 다해 후작을 돕게나."

"알겠습니다."

피라르 신부는 그 밖에 라몰 후작의 가족에 대한 이야기도 들려주었다. 다소 반항적인 성향이 강한 열아홉 살 난 아들과 바람기가 다분한 여동생, 그리고 깐깐한 성격의 후작 부인에 이르기까지 한 사람 한 사람에 대해 자상한 설명을 덧붙였다.

"라몰 후작의 비서라는 직책이 지나치게 힘들다거나 가치가 없는 일이라고 판단되면 언제든지 얘기하게. 내 옆으로 와서 신학 공부를 본격적으로 하는 것도 나쁘지는 않을 테니 말일세."

쥘리앵에 대한 피라르 신부의 배려는 아버지보다 더 자상하고 섬세했다. 쥘리앵은 또 한 번 피라르 신부에게 감동을 받았다. 그리고 어떤 일이 있어도 피라르 신부를 실망시키지 않으리라 다짐했다.

모든 준비를 마친 두 사람은 라몰 후작의 저택으로 향했다.
라몰 후작은 키가 작고 살집도 적어 무척 왜소해 보였다. 하지
만 지극히 절제된 눈빛에서 그 누구도 함부로 범접할 수 없는
강인함이 느껴졌다.

"처음 뵙겠습니다. 쥘리앵 소렐이라고 합니다."

쥘리앵이 허리를 숙여 인사했다.

"신부님께서 극찬하신 젊은이가 바로 자네구먼. 반갑네!"

라몰 후작이 방 가운데 있는 소파에 앉으며 말했다.

세 사람은 한동안 세상 돌아가는 이야기를 나누었다. 사실 첫
만남인 만큼 쥘리앵이 라몰 후작의 비서로 적합한 인물인지를
알아보는 자리라고 할 수 있었다. 그런데 라몰 후작은 업무에
관한 어떤 이야기도 꺼내지 않았다. 그만큼 피라르 신부를 믿고
있다는 증거였다.

"앞으로 잘해 보세나."

그것으로 끝이었다.

"열심히 하겠습니다."

쥘리앵 역시 그렇게 대답하고는 피라르 신부와 함께 저택
을 벗어났다. 피라르 신부는 쥘리앵을 양복점과 제화점 등에
데리고 다니면서 머리끝부터 발끝까지 새로운 스타일로 변
신시켰다.

"이제 다 되었네. 이렇게 옷을 갈아입으니 몰라볼 만큼 다른 사람이 되어 버렸어. 나는 자네를 믿고 있네. 그러니 다른 걱정은 하지 않을 셈이야."

"알겠습니다. 신부님께서 실망하시는 일은 결코 없을 겁니다."

피라르 신부와 헤어진 쥘리앵은 다시 라몰 후작의 저택으로 향했다. 라몰 후작은 앞으로 쥘리앵이 일을 할 방과 침실을 직접 안내해 주었다. 그리고 아르센이라는 이름의 나이 지긋한 하인을 불러 쥘리앵의 시중을 전담하라고 일렀다.

라몰 후작이 나가자 쥘리앵은 자신이 사용하게 될 서재를 둘러보았다. 그 방은 쥘리앵이 아직껏 한 번도 본 적이 없을 만큼 훌륭했다. 특히 출입문과 창을 제외한 모든 벽면이 다양한 종류의 책으로 채워져 있어 쥘리앵의 마음을 편안하게 해 주었다.

오후 6시가 되자 후작이 쥘리앵을 찾았다. 저녁 식사 시간이 된 것이다. 라몰 후작은 쥘리앵을 데리고 식당으로 들어갔다. 저택 1층 중앙에 자리 잡은 식당은 갖가지 장식으로 화려하게 꾸며져 있었다.

"오늘부터 내 비서 일을 하게 된 쥘리앵 소렐이오."

라몰 후작은 식당에 먼저 와 기다리고 있던 후작 부인에게 쥘리앵을 소개했다.

“쥘리앵 소렐입니다.”

“어서 와요. 반갑네요.”

후작 부인의 인사는 그것으로 끝이었다. 쥘리앵은 기분이 그다지 좋지 않았다. 후작 부인이 자신을 하인 대하듯 했기 때문이다. 잠시 후 나름대로 기품을 갖춘 잘생긴 청년이 들어왔다.

후작 부인이 날마다 식사 시간에 늦는다며 꾸중을 했지만 청년은 그다지 신경 쓰는 것 같지 않았다. 그는 라몰 후작의 하나뿐인 아들 노르베르 백작이었다. 이번에는 머리카락을 찰랑거리며 한 아가씨가 등장했다. 피라르 신부의 설명에 따르면 그녀는 후작의 딸 마틸드일 것이었다.

모두가 식탁에 자리를 잡자 라몰 후작이 입을 열었다.

“노르베르와 마틸드, 이 젊은이는 내 비서 일을 맡게 될 쥘리앵 소렐이다. 쉽지 않은 일을 많이 할 사람이니 서로 신경 쓰이는 일 없게 잘 지내도록 해라.”

엷은 미소를 머금은 쥘리앵이 두 사람에게 고개를 숙여 보였다. 두 남매 역시 쥘리앵에게 가벼운 눈인사를 보냈다. 라몰 후작의 가족은 식사를 하면서 대화를 많이 나누었다.

이야기를 나누는 중간중간에 쥘리앵에게도 질문을 던졌다. 그때마다 쥘리앵은 솔직한 의견을 숨김없이 이야기했다. 그 과정에서 후작의 가족은 쥘리앵의 빼어난 라틴 어 실력과 라틴 문학에 대한 박식함에 놀라움을 금치 못했다.

처음에는 약간 서먹서먹했지만 쥘리앵과 노르베르, 그리고 마틸드는 조금씩 친해지기 시작했다. 종교와 문학에 관한 이야기를 나누기도 하고 말을 타기도 하면서 자연스럽게 가까워졌다.

특히 쥘리앵이 승마를 배우기 시작하면서 세 사람의 관계는 급진전을 보였다. 쥘리앵은 그동안 한 번도 말을 타 본 적이 없었다. 따라서 하루에도 몇 번씩 말에서 떨어지곤 했다. 하지만 쥘리앵은 포기하지 않았다.

노르베르와 마틸드는 쥘리앵의 그런 도전 정신에 아낌없는 박수를 보내면서 성심성의껏 말 타는 방법을 알려 주었다. 그렇게 해서 쥘리앵은 곧 승마에도 익숙해지게 되었다. 하지만 그들 남매가 쥘리앵에게 호감을 갖게 된 결정적인 이유는 그가 쌓아 올린 학문적 성취에 있었다.

라몰 후작은 비서 쥘리앵의 업무 처리에 대단히 만족했다. 그래서 비서 일을 시작한 지 채 1년도 지나지 않아 브르타뉴와 노르망디에 있는 영지를 도맡아 관리할 정도가 되었다.

"피라르 신부님의 사람 보는 눈은 역시 정확해!"

라몰 후작은 늘 그렇게 말하곤 했다. 그만큼 쥘리앵을 신임하게 되었다는 말이다. 하지만 쥘리앵의 능력은 그것으로 끝이 아니었다. 쥘리앵은 라몰 후작의 간단한 메모만 보고도 무엇을 원하는지 정확하게 파악해 모든 일을 완벽하게 처리하곤 했다.

"자네 같은 젊은이가 있다니, 정말 놀라워!"

라몰 후작은 쥘리앵의 업무 처리 능력에 감탄을 금치 못했다.

그러나 신학교에서는 불만이 많았다. 쥘리앵의 업무량이 많아지면서 학교에 출석하는 횟수가 자꾸만 줄어들고 있었기 때문이다. 신학교 교수들은 쥘리앵이 끝까지 학교에 남기를 바랐다. 그가 학교에서 가장 뛰어난 학생이었기 때문이다.

그러던 어느 날, 일을 보기 위해 외출을 했던 쥘리앵은 갑자기 내리는 비를 피해 길가에 있는 건물 처마 밑으로 뛰어들었다. 잠시 후, 어떤 남자 역시 비를 피해 쥘리앵 옆으로 달려들었다.

남자는 낮술을 마셨는지 술 냄새를 지독하게 풍겼다. 게다가 쥘리앵을 발견하자마자 기분 나쁜 표정으로 위아래로 훑어보더니 고약하게 인상을 찌푸리는 것이었다.

"뭐요? 왜 날 그런 눈으로 쏘아보는 거요?"

화가 난 쥘리앵이 남자를 향해 버럭 소리를 질렀다.

"젊은 놈이 어디다 대고 큰소리야?"

쥘리앵은 어처구니가 없었다. 게다가 자존심이 상해 참고 싶지도 않았다. 두 사람의 말다툼에 길 가던 사람들이 비를 맞으면서까지 구경을 하고 있었기 때문이다.

"당신 뭐 하는 사람이야? 도대체 뭘 하기에 대낮부터 술에 취해 행패를 부리는 거냐고?"

남자는 자칫하면 흠씬 얻어맞을 거라는 생각을 했는지 명함 하나를 획 던져 주고는 비가 내리는 거리로 비틀거리며 나가 버렸다. 그러면서도 남자는 욕설 퍼붓는 것을 잊지 않았다.

쥘리앵은 남자를 쫓아가지는 않았다. 취한 사람과 싸워서 좋을 게 없었기 때문이다. 그 대신 남자가 던진 명함을 집어 들었다. 그리고 이튿날 해가 뜨자마자 남자의 집으로 찾아갔다.

쥘리앵은 맨 정신의 남자와 정정당당하게 결투를 하고 싶었다. 그래서 권총까지 준비해 주머니에 넣었다. 그런데 명함에 있는 이름의 주인공 보부아지는 그가 아니었다. 그 술꾼은 보부아지의 마부였던 것이다.

보부아지는 명문가의 젊은이로 품위를 지키는 사람이었다. 그렇다고 해서 쥘리앵은 전날 당한 수모를 없던 일로 하고 싶지는 않았다. 그래서 보부아지에게 말했다.

"어제 나는 술 취한 당신의 하인에게 말할 수 없는 모욕을 당했소. 당신은 하인을 제대로 관리하지 못한 책임이 있고, 나는 그 책임을 물을 자격이 있소. 왜냐하면 그 술꾼 하인이 내게 당신 명함을 던져 주었기 때문이오. 그래서 나는 당신에게 정식으로 결투를 신청하겠소!"

쥘리앵은 자신이 강하게 나가면 보부아지가 꼬리를 내리며 사과할 것이라고 예상했다. 그런데 쥘리앵의 그런 예상은 여지없이 빗나가고 말았다.

보부아지가 쥘리앵의 뜻을 다시 한 번 확인하듯 물었다.

"나와 결투를 하겠다는 말이오?"

쥘리앵이 당당하게 대답했다.

"그렇소!"

이번에는 보부아지가 외쳤다.

"좋소, 그렇게 합시다!"

그렇게 해서 두 사람은 결투를 하기로 합의를 보았다.

잠시 후, 쥘리앵과 보부아지는 인적이 없는 한적한 숲 속에서 다시 만났다. 그리고 서로가 데려온 증인이 지켜보는 가운데 결투를 시작했다. 두 사람은 중심점에서 각각 30보씩 발걸음을 옮긴 다음, 뒤를 돌아 사격 자세를 취하기로 했다. 그리고 한 번에 한 발씩 세 차례에 걸쳐 발사를 할 수 있도록 규칙을 정했다.

곧 여섯 발의 총성이 조용한 숲 속에 울려 퍼졌다. 하지만 결과는 그다지 바람직하지 않았다. 쥘리앵이 보부아지를 향해 쏜 총알은 단 한 발도 맞지 않았다. 하지만 보부이지는 쥘리앵을 맞혔다. 그렇다고 중상을 입힌 것은 아니었다. 총알 하나가 왼

쪽 팔을 살짝 스쳤을 뿐이었다.

결투에서 승리를 거두지는 못했지만 쥘리앵은 속이 시원했다. 게다가 특별히 할 일도 없이 틈만 나면 승마니 사격이니 하며 잘난 체하는 귀족들도 실전에서는 별 볼 일 없는 작자들이란 생각이 들었다.

기분이 풀린 쥘리앵과는 달리, 보부아지는 이번 결투가 여간 찝찝한 게 아니었다. 어렵사리 한 발을 맞히기는 했지만 승리를 했다고 큰소리치기에는 뭔가 개운치 않은 구석이 있었다. 팔을 관통한 것도 아니고 살짝 스치는 정도에 불과했기 때문이다.

그래서 보부아지는 하인을 시켜 자신에게 결투를 신청한 청년이 누구인지를 알아보도록 했다. 하인은 채 한나절도 지나지 않아 쥘리앵에 대한 신상 명세를 조사해 보고했다. 하인의 보고를 들은 보부아지는 창피한 생각에 얼굴이 벌겋게 달아올랐다.

"라몰 후작의 비서로 일하고 있는 쥘리앵이라고?"

"네, 주인님."

"내가 겨우 그런 놈과 목숨을 걸고 결투를 했단 말이야?"

"……."

"그것도 술 취한 마부가 내던진 내 명함 한 장 때문에?"

보부아지는 어처구니가 없었다. 만약 평민과 결투를 벌인 이야기가 다른 사람들한테 알려지면 큰 웃음거리가 되겠다는 생각이 들었다. 그래서 부끄러움을 희석시킬 수 있는 한 가지 계책을 생각해 냈다. 그것은 바로 쥘리앵의 출신 성분을 높이는 것이었다.

보부아지는 다른 사람 흉보기를 좋아하는 친구들을 불러, 라몰 후작이 새로운 비서로 정치적 성향이 같은 욘 공작의 사생아 쥘리앵을 채용했다며 은근히 흉을 보았다. 그 결과 쥘리앵의 신분은 단번에 욘 공작의 숨겨진 아들이 되고 말았다.

불과 하루 만에 그 소문은 라몰 후작의 귀에 들어왔다. 소문의 진원지가 자신과는 정치적으로 반대편에 속해 있는 보부아지 가문이라는 사실을 확인한 라몰 후작은 빙긋이 웃으며 농담처럼 쥘리앵에게 말했다.

"자네가 어제부로 공작의 아들이 되어 버린 모양이야!"

쥘리앵도 이미 소문을 들어 알고 있었다.

"예, 어떻게 하다 보니 그렇게 되었습니다."

쥘리앵은 라몰 후작에게 그간의 상황을 빠짐없이 설명해 주었다. 쥘리앵이 허튼짓을 하고 다닐 사람이 아니라는 것을 믿고 있는 후작이 큰 소리로 웃으며 말했다.

"오히려 잘된 일이야. 앞으로 자네는 정말로 욘 공작의 사생아인 것처럼 행동해도 괜찮아. 그 사람들과 가까이 지내다 보면 여러 가지 유용한 정보를 얻을 수 있을 걸세."

라몰 후작은, 샌님처럼 책상 앞에 앉아 공부만 하는 줄 알았던 쥘리앵에게 목숨을 건 결투를 신청할 만큼 용기와 배짱이 있다는 사실을 새롭게 알게 되었다. 그래서 자존심을 끝까지 지킨 쥘리앵에게 연미복 한 벌을 선물했다.

그 일 이후, 쥘리앵은 자연스럽게 파리의 귀족들과 친분의 폭을 조금씩 넓혀 갈 수 있었다. 그러다 보니 때로는 자신이 정말로 귀족이 된 듯한 느낌이 들 때도 있었다. 신분 상승에 대한 욕구가 워낙 강했던 쥘리앵은 그 또한 기분이 좋았다.

시간이 흐르면서 쥘리앵에 대한 라몰 후작의 신임은 거의 절대적인 단계에 이르렀다. 그래서 쥘리앵은 특별한 임무도 부여받지 않은 채 런던에 두 달 동안 머물다 오라는 지시를 받았다. 라몰 후작은 쥘리앵에게 휴가 차원의 여행으로 여기라고 했다.

쥘리앵은 후작이 말한 대로 런던으로 건너가 많은 사람을 만나는 한편, 여러 곳을 돌아다니며 견문을 넓혔다. 각국 대사관에서 주최하는 만찬에 참석해 외교관들과 다양한 분야에 대해 이야기를 나누기도 했다.

프랑스 정부에서 공식적으로 파견한 신분이었기 때문에 그 어떤 사람도 쥘리앵을 함부로 대하지 않았다. 쥘리앵 또한 매우 신중하게 처신했을 뿐만 아니라, 자신의 실력을 마음껏 발휘했기 때문에 많은 사람으로부터 칭찬을 받기도 했다.

여행을 마치고 파리로 돌아오자 라몰 후작은 매우 만족스러운 표정으로 쥘리앵을 맞아 주었다. 마치 전쟁에서 이기고 돌아온 장수를 맞이하는 듯한 환대였다.

"자네가 런던에서 어떻게 지냈는지 모두 알고 있다네."

"예."

"여러 나라의 외교관들에게 우리나라의 우수성을 널리 알렸다는 보고를 받고 얼마나 기뻤는지 모른다네."

"저는 그저 후작님께서 시키시는 대로 했을 뿐입니다."

"어쨌든 훌륭했어. 이번 외교관 모임을 통해 우리나라는 물론 국왕 폐하의 위상이 한껏 높아졌다네."

"과찬이십니다."

라몰 후작은 쥘리앵을 한껏 칭찬해 주었다. 그리고 입가에 가벼운 미소를 머금더니 은근한 목소리로 물었다.

"이번 여행길에서 자네의 신분이 뭐였는지 아는가?"

쥘리앵은 당연하다는 듯이 대답했다.

"예. 제 직책이 후작님의 비서이기 때문에 정부에서 파견한 것 같은 형식을 취했지만, 사실은 개인 자격으로 떠나 휴가 여행이었습니다."

그러자 라몰 후작이 고개를 저으며 말했다.

"자네는 내 정치적 동료인 욘 공작의 막내아들 자격으로 런던에 갔던 거야. 그러니까 소문을 진짜로 만들어 버린 셈이지. 게다가 자네가 런던에서 했던 일들은 모두 외교관이 하는 일이었다네. 외교관이라는 게 별거 있겠나? 그 나라 사람들과 친해져서 우리 편으로 만드는 게 그들이 할 일이니 말일세."

쥘리앵은 갑자기 얼떨떨해졌다.

"아, 예."

"어쨌든 두 달 동안 훌륭하게 임무를 완수해 줘서 고맙네. 자, 이걸 받게나. 이건 자네의 업적에 대한 보답이라네."

"……!"

라몰 후작은 쥘리앵의 가슴에 훈장을 달아 주었다. 쥘리앵은 감격에 겨워 아무 생각도 나지 않았다. 또한 어떤 말도 할 수 없었다. 쥘리앵은 그저 꿈을 꾸고 있는 것이라고 생각했다.

쥘리앵이 그렇게 정신을 차리지 못하고 있을 때, 라몰 후작이 갑자기 정색을 하더니 지극히 사무적인 억양으로 말했다.

"쥘리앵, 나는 자네의 꿈이 얼마나 높은 곳에 있는지 짐작하고 있네. 하지만 더 이상 높은 지위를 탐하지 말았으면 좋겠어. 그건 우리 모두를 불편하게 만들기 때문이지. 자네는 앞으로도 지금 그 자리에서 최선을 다해 주기를 바라네."

쥘리앵은 라몰 후작의 말뜻을 정확하게 이해했다. 평민 신분으로는 아무리 발버둥을 쳐 봤자 소용이 없다는 의미였다. 또한

그 벽을 뛰어넘으려면 자신을 포함한 모든 귀족의 공적이 될 수
도 있다는 말이었다.

"알겠습니다, 후작님!"

마음속으로는 아니라고 외치고 싶었지만, 쥘리앵은 그렇게
대답했다. 후작이 내린 영예로운 훈장을 받은 만큼 지금 당장은
아무것도 바랄 것이 없었기 때문이다.

또 다른 사랑을 시작하다

불과 2년도 지나지 않아 쥘리앵은 완전하게 파리의 젊은이로 탈바꿈했다. 차림새는 파리의 그 어느 멋쟁이에도 뒤처지지 않았고, 언제 어떤 자리에 나가더라도 당당하게 자기 의사를 밝혔다. 또한 자신이 원하는 바를 얻으려면 어떠한 행동과 말이 필요한지도 정확하게 알고 있었다.

쥘리앵은 여전히 라몰 후작의 비서 신분이었다. 하지만 후작의 전폭적인 지원에 힘입어 궁정을 수시로 출입하는 귀족들과도 자연스럽게 어울릴 수 있을 정도로 탄탄한 인적 기반을 구축했다. 따라서 스스로 출세했다는 생각이 들 때도 가끔씩 있었다.

쥘리앵이 라몰 후작의 비서가 되어 일하기 시작하면서부터 변하지 않은 것이 있다면, 그것은 오직 후작의 딸인 마틸드를 보는 시각이었다. 다른 사람들은 모두 마틸드의 미모에 대해 칭찬을 아끼지 않았다. 하지만 쥘리앵은 마틸드에게 여성적인 매력을 느껴 본 적이 단 한 번도 없었다.

맨 처음 가졌던 느낌 그대로 마틸드는 조금 도도하고 쌀쌀한, 게다가 유력한 귀족의 외동딸답게 약간은 건방져 보이는 아가씨였다. 따라서 쥘리앵은 마틸드에게 살가운 눈빛 한번 건넨 적이 없었다. 쥘리앵의 태도가 그렇다 보니 마틸드 또한 쥘리앵에게 은근한 불만을 갖게 되었다.

그래서 라몰 후작에게 불평을 하기도 했다.

"아버지, 저도 쥘리앵이 능력 있고 예의 바른 사람이라는 건 인정해요. 하지만 너무나 깐깐해서 누가 주인인지를 모르겠다고요!"

"넌 쥘리앵이 네 앞에서 하인처럼 굽실거리기를 기대하고 있었니?"

"그런 건 아니지만……."

"쥘리앵의 주인은 오직 그 자신뿐이다. 나 역시 그를 하인이라고 생각해 본 적은 한 번도 없어. 그러니 너도 쥘리앵을 가볍게 여기거나 함부로 대하지 않았으면 좋겠구나."

마틸드는 아버지가 쥘리앵에게 훈장을 수여한 것도 마음에 들지 않았다. 쥘리앵을 지나치게 과대평가하는 게 아니냐는 것이었다.

"노르베르 오빠가 오래전부터 그 훈장을 받고 싶어했는데, 그때는 들은 체도 하지 않으셨잖아요. 우리 가문의 장남한테도 주지 않은 훈장을 어떻게 쥘리앵한테 덥석 안겨 줄 수가 있어요?"

"네 오빠가 서운해하더냐?"

"아니요. 언젠가부터 오빠는 훈장 같은 것에는 신경도 쓰지 않아요. 다만 제 생각을 말씀드린 것뿐이에요."

"훈장의 진정한 가치는 그것을 남발하지 않았을 때 유지되는 거야. 노르베르는 내 아들이기는 하지만 아직껏 훈장을 받을 만한 일을 한 적이 없어. 그런데 쥘리앵은 런던에 가서 나라와 폐하의 위상을 한껏 드높였지. 그는 훈장을 받을 만한 공을 세웠어. 그래서 수여한 것이니 괜한 트집 잡지 말거라."

구구절절 옳은 아버지의 말에 마틸드는 더 이상 반론을 제기할 수 없었다. 그래서 사내아이들처럼 뒷머리를 긁적이며 아버지의 방에서 나왔다.

라몰 가문에 몸담고 있는 사람이라면 누구나 마틸드가 쥘리앵을 마음에 들어 하지 않는다는 사실을 알고 있었다. 하지만 마틸드의 진심은 그것이 아니었다. 쥘리앵을 향한 관심의 표현이 그렇게 나타난 것일 뿐이었다.

그로부터 며칠 후, 레츠 공작의 저택에서 파티가 열렸다. 쥘리앵이 그런 파티에 참석하는 것은 이제 자연스러운 일이 되었다. 언젠가부터 쥘리앵도 귀족과 비슷한 대우를 받기 시작했기 때문이다.

하지만 쥘리앵은 그 파티에 참석하고 싶은 생각이 없었다. 그때까지 레츠 공작을 한 번도 만나 본 적이 없었기 때문이다. 그런데 마틸드가 쥘리앵의 서재에 와서 같이 가자고 졸랐다.

"레츠 공작이 오빠를 통해 쥘리앵 소렐 씨도 함께 초청한 모양이에요. 그러니 같이 가요. 특별하게 문제 될 건 없잖아요?"

하지만 쥘리앵은 고개를 저었다.

"저는 레츠 공작님으로부터 정식으로 초대를 받지 않았습니다. 그러니 가지 않는 것이 옳다는 생각이 듭니다."

쥘리앵은 마틸드에게 정중하게 거절 의사를 밝혔다. 그런데 잠시 후, 라몰 후작의 아들 노르베르 백작이 찾아와 다시 한 번 파티 참석을 권했다.

"쥘리앵 소렐 씨, 공작님께서 당신을 정식으로 초대했습니다. 그러니 급하게 처리할 일이 없다면 저와 함께 가시지요."

지나칠 만큼 정중하게 대하는 노르베르 백작의 요청에 쥘리앵은 마음을 돌릴 수밖에 없었다. 그래서 하는 수 없이 레츠 공작의 저택으로 향했다. 파티장은 춤추는 사람들로 북적거렸다. 마치 파리의 모든 귀족들이 모여든 것만 같았다.

춤을 잘 추지 못하는 쥘리앵은 한구석에 서서 부드러운 음악에 맞추어 몸을 흔들고 있는 사람들을 부러운 시선으로 바라보고 있었다. 그런데 옆에서 술을 홀짝이며 이야기를 나누고 있는 두 청년의 목소리가 귓전에 와 닿았다.

"이 파티장에서도 마틸드는 역시 군계일학이야!"

"당연하지 않은가? 마틸드는 자신이 최고라는 사실을 알면서도 우쭐거린 적이 없어. 그러니 아름다움이 더욱 빛날 수밖에 없지!"

쥘리앵은 고개를 갸웃거렸다. 자신의 눈에는 마틸드의 매력이 전혀 돋보이지 않았기 때문이다. 그러면서도 쥘리앵의 시선은 마틸드를 향하고 있었다. 자신이 아직껏 발견하지 못한 매력을 찾아보려는 것이었다.

그러다가 우연히 마틸드와 눈이 마주치고 말았다. 살짝 눈웃음을 보인 마틸드가 우아한 걸음걸이로 다가와 말을 걸었다.

"쥘리앵 소렐 씨, 당신은 파티장에 와서도 신부님처럼 뻣뻣하게 서 있기만 할 건가요? 우리 같이 어울려요."

쥘리앵이 솔직하게 대답했다.

"죄송합니다만 저는 춤을 출 줄 모릅니다. 지금까지 서류 정리나 책에만 매달려 살아왔으니까요."

하지만 마틸드는 그렇게 생각하지 않았다.

"천만에! 당신은 춤을 출 줄 모르는 게 아니라, 루소 같은 철학자처럼 이런 파티를 경멸하고 있는 게 분명해요. 이곳에 도착한 이후 당신의 눈빛이 줄곧 그랬거든요."

그 말은 그녀 자신이 계속 쥘리앵을 주시하고 있었다는 이야기였다.

"그렇지 않습니다. 저는 사실 장 자크 루소를 바보 같은 사람이라고 생각하고 있습니다. 제대로 알지도 못하면서 상류 사회를 무조건적으로 비판하는 데 열을 올린 사람이니까요."

쥘리앵의 발언은 어찌 보면 매우 건방지고 불손한 것이었다. 하지만 그 말에서 마틸드는 쥘리앵의 새로운 면을 발견했다. 쥘리앵은 종교나 문학에만 정통한 것이 아니라 철학자의 면면까지도 정확하게 꿰뚫고 있었던 것이다.

두 사람이 대화를 나누고 있는 사이에 마틸드의 아름다움에 한껏 매료된 알타미라 백작이 다가왔다. 혁명가인 그는 사형 선고를 받은 적이 있을 만큼 급진적인 사고를 가진 사람이었다.

세 사람은 잠시 정치에 대해 이야기를 주고받았다. 마틸드와 알타미라 백작은 오늘날의 정치를 강도 높게 비판했다. 하지만 쥘리앵은 대안을 제시하지 않는 무조건적인 비판은 옳지 않다는 의견을 피력했다. 결국 마틸드와 쥘리앵은 세상을 바라보는 시각 자체가 달랐던 것이다.

다음 날은 라몰 후작의 저택에서 만찬이 있었다. 시간이 되어 만찬장에 내려간 쥘리앵은 친하게 지내는 아카데미 회원과 마주쳤다. 그런데 마틸드가 검은 상복을 입고 돌아다니는 모습이 보였다.

화들짝 놀란 쥘리앵이 물었다.

"마틸드가 왜 상복을 입고 있지?"

친구가 대답했다.

"오늘이 4월 30일 아닌가?"

쥘리앵은 날짜를 되새겨 보았다. 하지만 그날 벌어진 어떤 사건도 떠오르지 않았다. 여전히 고개를 갸웃거리고 있는 쥘리앵에게 친구가 말했다.

"지금으로부터 200여 년 전, 마르그리트 여왕은 라몰이라는 젊은이를 사랑했지. 그런데 그 청년은 혁명과 관련된 사건에 연루되어 참수형을 당하고 말았어. 그것도 다른 사람들을 살리기 위해 혼자서 죄를 뒤집어쓴 거야. 여왕은 아무도 몰래 사랑하는 청년의 목을 가져다 장례를 치러 주었지. 마틸드는 지금 장렬하게 죽은 그 청년 혁명가의 죽음을 추도하고 있는 거야."

친구의 말을 들은 쥘리앵은 마틸드가 지금까지와는 다른 사람처럼 느껴졌다. 나름대로의 철학을 가진 속 깊은 여인이라는 생각이 드는 것이었다. 나아가 귀족들 사이에서 그녀가 왜 그토록 인기가 높은지도 알 것 같았다.

그때부터 쥘리앵은 마틸드와 많은 이야기를 나누게 되었다. 마틸드와 함께하는 시간이 많아지면서 쥘리앵은 그녀의 참모습을 조금씩 발견할 수 있었다. 마틸드는 분명 매력적인 여자임에 틀림없었다.

그로부터 한 달쯤 지난 어느 날이었다.

모처럼 한가해진 쥘리앵은 정원을 산책하고 있었다. 날씨가 아직은 덥지 않아 바람을 쐬기에 적당한 계절이었다. 그렇게 오후를 한가로이 보내고 있는데, 갑자기 마틸드가 한쪽 다리를 심하게 절면서 다가왔다.

쥘리앵이 깜짝 놀라 물었다.

"왜 그래요? 많이 다쳤나요?"

고통이 심한지 마틸드가 얼굴을 잔뜩 찌푸린 채 대답했다.

"오빠랑 달리기 시합을 하다가 발을 삐었어요. 내가 아프다며 소리를 질렀는데도 오빠는 어디론지 사라져 버리고 말았네요."

"많이 아파요?"

"말로만 걱정하지 말고 저 좀 부축해 줄래요?"

"아, 예, 그러지요."

쥘리앵이 다가가자 마틸드는 거침없이 온몸을 기대 왔다. 쥘리앵은 어쩔 수 없이 마틸드를 끌어안다시피 해서는 현관 앞까지 걸었다. 그런데 걸음을 옮길수록 심장 박동이 거칠어지기 시작했다.

쥘리앵은 내심 걱정이 되었다. 마틸드가 얼굴을 가슴에 바싹 기대고 있었기 때문에 쿵쾅거리는 자신의 심장 소리를 들을 것만 같았다. 게다가 한 뼘도 되지 않은 거리를 두고 바라본 마틸드는 그 누구보다 아름다웠다.

그 후로 쥘리앵의 머릿속은 온통 마틸드로 가득했다. 언젠가부터 그녀를 좋아하게 된 것이었다. 무슨 일을 하려 해도 집중이 되지 않았다. 답답한 마음에 책을 폈지만 단 한 글자도 눈에 들어오지 않았다. 나아가 마틸드에게도 자신을 좋아하는 마음이 조금이라도 있을지 궁금해지기 시작했다.

어렵사리 방으로 들어온 마틸드도 쥘리앵을 떠올리고 있었다. 마틸드는 그동안 쥘리앵과 대화를 나누었던 시간들을 되새겨 보았다. 그리고 그 어떤 때보다 쥘리앵과 함께 있는 시간이 행복했다는 결론을 내렸다.

'내가 쥘리앵을 사랑하고 있어! 분명히 그런 거야!'

마틸드는 그렇게 생각했다. 그녀는 쥘리앵이 어떤 사람 앞에 서든 주눅 들지 않고 자신의 생각을 논리 정연하게 밝히는 모습이 너무나 좋았다. 게다가 그에게는 귀족 청년들에게서 발견할 수 없는 독특한 매력이 있었다.

귀족들은 대부분 태어나는 순간부터 최상의 대우를 받으면서 자라 왔다. 따라서 그들에게는 뜨거운 열정이나 치열한 도전 정신이 결여되어 있었다. 하지만 쥘리앵은 달랐다. 그의 눈빛에는 언제나 생기가 넘치고 있었던 것이다.

마틸드는 라몰을 흠모했던 마르그리트 여왕을 떠올렸다.

'나는 귀족들이 흔히 하는 정략적인 사랑을 하지는 않을 거야. 쥘리앵과 특별한 사랑을 해야지. 나한테는 그게 어울려. 보통 사람들처럼 평범하게 살고 싶은 생각은 추호도 없으니까……'

그날 이후 쥘리앵에 대한 마틸드의 사랑은 눈덩이처럼 커져만 갔다. 그래서 자신도 모르는 사이에 여러 사람 앞에서 쥘리앵을 칭찬하곤 했다. 그런 마틸드를 보다 못한 오빠 노르베르가 정식으로 주의를 주었다.

"마틸드, 쥘리앵은 가슴속에 야심이 가득 찬 사람이야!"

"야심을 가졌다는 게 나쁜 건 아니잖아?"

“내 말은 그게 지나친 듯싶으니 조심하라는 거야!”

“나는 자신의 지위나 재산을 지키기 위해 전전긍긍하는 귀족들보다, 가슴에 야망을 품고 열정적으로 사는 평민들의 삶이 더 가치 있다고 생각해.”

하지만 주변에 있는 귀족들은 하나같이 노르베르와 같은 입장이었다. 그래서 평민들이 귀족들에 반발해 혁명을 일으키려 한다면 가차 없이 교수형에 처해야 한다는 극단적인 말까지 나왔다.

하지만 마틸드는 하루에 몇 차례씩 쥘리앵과 스쳐 지나가는 것만으로도 행복했다. 어쩌다 쥘리앵이 아버지의 심부름으로 저택을 비우기라도 하는 날은 세상 모든 것을 잃은 듯 슬퍼지기까지 했다.

‘이건 마틸드의 모습이 아닌데……. 내 감정 상태가 어떻게 한 남자 때문에 천국과 지옥을 오갈 수 있지? 이건 절대 내 모습이 아니야!’

마틸드는 그렇게 스스로를 반성해 보았다. 하지만 마음속을 지배하고 있는 쥘리앵의 존재는 하루가 다르게 커져만 가고 있었다. 쥘리앵은 마틸드의 그런 심리 상태를 모르고 있었다. 그 역시 마틸드를 향한 마음 때문에 정신이 혼란스러워 잠시 여행을 떠나기로 했다. 그래서 라몰 후작에게 자신의 생각을 밝혔다.

"후작님, 조만간 랑그도크에 다녀올까 합니다."

"왜? 그곳에 무슨 문제라도 생겼나?"

"아닙니다. 그곳에 있는 땅과 건물을 너무 오랫동안 하인들에게 맡겨 두었습니다. 그래서 지금쯤 한 바퀴 둘러보는 것이 좋겠다는 생각을 했습니다."

"알았네. 그렇게 하게."

라몰 후작은 그다지 넓지 않은 땅까지도 세세하게 신경을 쓰는 쥘리앵이 더없이 미더웠다. 그래서 열흘 이상이나 걸리는 랑그도크 여행을 두말없이 허락해 주었다.

마틸드는 쥘리앵이 랑그도크로 떠나기 전날에 저녁 식사를 하면서 그 소식을 듣게 되었다. 마틸드는 앞으로 최소한 열흘 동안 쥘리앵을 볼 수 없다고 생각하자 눈앞이 캄캄해졌다. 그래서 식사를 마치고 방으로 들어오자마자 쥘리앵에게 편지를 썼다.

잠시 후, 쥘리앵은 하인을 통해 마틸드의 편지를 받았다.

떠나지 말아요, 쥘리앵!

당신이 며칠 동안 집을 비우게 된다는 사실을 알고 나서야 내 마음을 확실히 알게 되었어요. 당신을 사랑해요. 하루라도 당신을 보지 못하면 견딜 수가 없을 것만 같아요. 그러니 제발 랑그도크 여행을 취소하고 내 곁에 있어 줘요!

편지를 다 읽은 쥘리앵의 입가에 미소가 환하게 번졌다. 마틸드의 마음을 얻기 위해 갖은 노력을 기울이고 있는 수많은 젊은 귀족을 당당하게 물리친 자신이 너무나 자랑스러웠다. 그리고 일이 잘 풀려 결혼까지 하게 된다면 자신도 누구 못지않은 귀족의 반열에 올라설 것이었다.

'내가 꿈꾸었던 일들이 드디어 현실로 다가오기 시작한 거야!'

쥘리앵은 속으로 쾌재를 불렀다. 곧바로 라몰 후작에게 달려가 아직 처리하지 못한 일들이 남아 있어 랑그도크 여행을 잠시 미루어야겠다고 말했다. 후작 역시 쥘리앵이 옆에서 모든 것을 하나씩 챙겨 주는 것이 편했다. 랑그도크 여행이 차후로 미루어짐과 함께 모든 일은 간단하게 정리되었다.

그러나 방으로 돌아온 쥘리앵의 머릿속은 다시 복잡하게 엉키기 시작했다. 자신을 철석같이 믿고 모든 것을 맡겨 준 라몰 후작의 딸을 사랑한다는 것이 은혜에 대한 배신이라는 생각이 들었던 것이다. 하지만 돌이켜서 마틸드를 생각하면 절대로 놓치고 싶지는 않았다.

쥘리앵의 생각은 하루에도 몇 번씩 오락가락했다. 그 자신조차 가늠을 할 수가 없을 만큼 혼란스러울 뿐이었다. 그런 어느 순간, 쥘리앵은 타르튀프라는 사람을 떠올렸다. 그는 한 여자와의 사랑 때문에 인생을 송두리째 망쳐 버린 인물이었다.

앞으로 벌어질 여러 가지 상황을 종합해 본 결과, 마틸드와의 사랑에는 매우 조심스럽게 접근해야 한다는 결론을 내렸다. 나아가 마틸드가 가벼운 마음으로 장난을 했거나, 다른 어떤 사정 때문에 거짓 사랑 고백을 했을 수도 있다는 것까지 염두에 두었다.

쥘리앵은 그런 모든 가능성을 열어 둔 상태에서 마틸드에게 답장을 썼다. 편지를 받은 지 일주일이 되던 날이었다. 하지만 자신의 속마음은 조금도 드러내 보이지 않았다. 쥘리앵은 긍정도 부정도 아닌 애매모호한 문장들로 마틸드의 다음 편지를 유도했다.

자신을 향한 마틸드의 마음이 어느 정도인지 확실하게 알기 전까지는 그렇게 해야 한다고 생각했다. 만약 마틸드의 마음이 진심이라면 더욱 애가 탈 것이다. 하지만 거짓이라면 쥘리앵은 마틸드의 계략에서 벗어나 자신을 지킬 수 있을 터였다.

편지를 보낸 쥘리앵은 곧바로 오페라 극장으로 향했다. 마틸드의 편지가 진심이든 거짓이든 기분이 좋았다. 그래서 모처럼 편안한 마음으로 오페라를 감상했다.

마틸드는 하인을 통해 쥘리앵에게 편지를 보내고 나서 몹시 힘든 시간을 보냈다. 쥘리앵이 자신의 요청에 의해 랑그도크 여행은 취소했지만 일주일이 다 되도록 답장을 하지 않았기 때문이다.

'쥘리앵은 도대체 무슨 생각을 하고 있는 거지?'

마틸드는 알 수가 없었다. 한편으로는 자존심이 몹시 상했다. 그녀는 난생처음 진솔한 사랑 고백을 했다. 게다가 그 상대는 자신과 같은 귀족이 아니라 평민 출신의 비서에 불과했다. 그런데 편지에 대한 반응이 미지근한 것이었다.

'내가 싫은 건가? 아니야, 그의 눈빛을 보면 절대로 그건 아니야!'

마틸드는 그렇게 스스로를 위안했다. 하지만 또 다른 두려움도 있었다. 만약에 자신의 고백을 세상 사람들이 알기라도 한다면 얼마나 많은 비난의 화살이 쏟아질지 걱정이었다.

'세상 사람들이 어떻게 생각하든 나는 이겨 내고 말 거야! 쥘리앵이 내 사랑을 받아 주기만 한다면……'

마틸드는 그만큼 자신의 사랑에 확신이 있었다. 그 사랑은 인생을 건 중대한 모험임이 확실했지만, 쥘리앵이 함께해 주기만

한다면 기꺼이 감당할 각오가 서 있었다.

그렇게 일주일째 되던 날, 견디지 못한 마틸드는 쥘리앵의 서재를 찾았다. 쥘리앵은 특별한 말도 없이 미리 준비해 두었던 답장을 서랍에서 꺼내 건네주었다. 그런데 내용이 아리송했다. 자신의 감정 상태가 어떠한지 전혀 드러내 보이지 않은 것이다.

애가 탄 마틸드는 다시 편지를 썼다. 그리고 채 한 시간도 지나지 않아 쥘리앵의 서재로 찾아갔다. 그는 여전히 평상시와 같은 차분한 표정으로 책장을 넘기고 있었다. 자존심이 상한 마틸드는 재빨리 편지만 건네준 뒤 방으로 돌아와 버렸다.

뭔가요? 나는 도무지 당신의 마음을 짐작할 수가 없네요. 이건 내 인생이 걸린 문제예요. 이런 중대한 문제로 장난을 하려는 건 아니겠지요? 당신의 마음을 빨리 알려 줘요. 나를 어떻게 생각하고 있는지, 당신의 마음을 알고 싶단 말이에요!

마틸드의 편지를 읽은 쥘리앵은 모든 것이 자신이 의도했던 대로 되어 가고 있다고 생각했다. 따라서 이번 답장에서도 애매한 문장으로 마틸드의 질문에 대한 확답을 피했다. 쥘리앵은 책 속에 편지를 넣어 하인을 통해 전달했다. 마틸드의 반응은 예상대로 즉각적이었다.

도무지 견딜 수가 없어요. 우리 오늘 밤 만나서 얘기해요. 정원의 오른편 구석 우물가에 사다리가 있어요. 오늘 밤 자정 무렵에 그 사다리를 이용해 내 방 창문으로 올라오세요. 당신이 올 때까지 기다릴 거예요.

마틸드의 방은 2층이었다. 그 옆에는 후작 부인의 방이 있었고, 바로 위 3층은 그녀의 오빠인 노르베르 백작이 쓰는 침실이었다. 쥘리앵은 정원을 산책하는 척하면서 사다리를 확인했고, 마틸드의 방이 있는 위치 또한 가늠해 두었다.

서재로 돌아온 쥘리앵은 깊은 생각에 빠졌다. 마틸드는 지금 극도로 흥분해 있는 듯싶었다. 그래서 알쏭달쏭한 대답만 들을 수 있는 편지 말고, 대화를 통해 담판을 시도하려는 것이었다.

하지만 그것은 무척 위험한 일이었다. 만약에 마틸드가 자신을 곤경에 빠뜨릴 생각이라면 사다리에 올라선 순간 은혜도 모르는 철면피로 낙인이 찍힐 것이었다. 그렇게 되면 쥘리앵의 인생은 천 길 낭떠러지로 떨어질 것이 너무나 자명한 일이었다.

그렇다고 해서 마틸드의 요구를 거절하고 싶은 생각도 없었다. 또한 마틸드가 보낸 편지가 있기 때문에 무조건적인 침입자 신세는 면할 수 있었다. 그래서 쥘리앵은 위험을 감수하기로 했다.

자정이 되자 쥘리앵은 정원으로 나갔다. 사다리를 옮기는 동안 쥘리앵의 심장은 심하게 두근거려 금방이라도 가슴이 터져 버릴 것만 같았다. 조심스럽게 사다리를 타고 올라가 창문을 두드리자 마틸드가 반갑게 맞아 주었다.

"오, 쥘리앵! 오셨군요. 지난 한 시간이 1년보다 더 길게 느껴졌어요! 아무것도 할 수가 없었다고요!"

진심으로 자신을 반기는 마틸드를 보고 쥘리앵은 그동안 갖고 있었던 의혹이 부질없음을 깨달았다. 마틸드가 진심이라는 것을 그녀의 눈빛을 통해 확인할 수 있었던 것이다.

마틸드는 그날 밤 자신의 사랑을 다시 한 번 고백했다. 쥘리앵 역시 자신의 마음을 숨김없이 털어놓았다. 쥘리앵은 그동안 마음을 솔직하게 털어놓지 못했던 이유가 신분 차이를 비롯한 외부적 요인 때문이었다며 사과를 했다.

"사람이 사람을 사랑할 때 신분은 장애가 될 수 없어요. 그러니 다시는 그런 생각을 하지 말아요."

마틸드가 신념에 찬 목소리로 말했다.

"알았어요. 나 역시 내 사랑을 지키기 위해 최선을 다할 겁니다."

쥘리앵 역시 당당하게 대답했다. 나아가 신분의 벽을 허물어 버려야 한다는 마틸드의 말에 힘입어, 여자를 정복하고 난 뒤에 주인 행세를 하는 남자처럼 굴었다. 마틸드는 그런 태도가 마음에 걸렸지만 첫날이니만큼 아무 말도 하지 않았다.

두 사람은 동이 틀 때까지 마틸드의 방에서 이야기를 나누었다. 그리고 후작 부인이 아침 미사를 위해 집을 비운 사이에 밖으로 나왔다. 쥘리앵은 세상 모든 것을 얻은 듯한 기분이었다. 자신의 미래는 이제 마틸드를 통해 한 단계 더 올라설 것이기 때문이었다.

그런데 하루도 지나지 않아 마틸드가 변해 버렸다. 어찌 된 셈인지 서로의 사랑을 확인하기 전보다 훨씬 더 냉정하게 쥘리앵을 대했다. 쥘리앵은 불안해질 수밖에 없었다.

'내가 뭘 잘못했지? 아니야, 그런 건 없었어. 그렇다면 마틸드는 변한 거야. 아무리 여자라지만 어떻게 단 하루 만에 사람의 마음이 저토록 달라질 수가 있을까?'

그 후로 며칠이 지나도 마틸드는 여전히 차가웠다. 쥘리앵은 갑작스러운 그녀의 변덕이 전혀 이해되지 않았다. 견디다 못한 쥘리앵이 마틸드를 찾아갔다. 마틸드는 얼음장처럼 차가운 눈빛으로 쥘리앵을 맞이했다.

"쥘리앵 소렐 씨, 무슨 일이세요?"

"무엇이 문제인가요? 어떻게 하루 만에 그토록 다른 사람이 될 수 있는지, 나는 이해할 수가 없네요.”

쥘리앵 역시 냉정한 눈빛으로 말했다. 그러자 마틸드가 물었다.

“내가 차갑게 변한 이유를 아직도 모르겠어요?”

“많이 생각해 봤는데, 딱 한 가지가 있더군요.”

“그게 뭔데요?”

“나를 사랑한다는 고백이 진심이 아니었던 거예요. 그 이외에는 도무지 다른 이유를 찾을 수가 없어요.”

쥘리앵의 대답에 마틸드의 얼굴이 벌겋게 달아올랐다. 바라보는 것만으로도 그녀가 얼마나 기분이 상해 있는지 알 수 있을 정도였다.

“누군가를 진정으로 사랑한다면, 사랑하는 감정을 확인하기 전보다 훨씬 더 상대방을 배려하고 아껴야 한다고 생각해요.”

쥘리앵은 마틸드가 무슨 말을 하기 위해 그런 이야기를 하는지 알 수가 없었다. 그래서 되물었다.

“그런데요? 그게 나를 냉정하게 대하는 것과 무슨 상관인가요?”

“잘 생각해 보세요.”

“뭘 말이에요?”

“당신은 내 마음을 확인한 순간부터 나를 함부로 대하기 시작했다고요! 나는 당신의 그런 사고방식을 참을 수가 없어요! 아직도 무슨 말인지 모르겠어요?”

마틸드가 온몸을 부들부들 떨었다. 쥘리앵 역시 그런 마틸드를 이해할 수 없었다. 두 사람은 그렇게 서로를 향해 분노하고 있었다. 잠시 후 마음을 가라앉힌 쥘리앵이 입을 열었다.

“무슨 말인지 알아들었어요. 서로의 느낌이 그토록 다르다면 다른 방법은 없을 거예요. 그러니 그날 밤 일은 없었던 것으로 합시다.”

“좋아요!”

“걱정은 하지 말아요. 내 아무리 보잘것없는 평민 출신이지만 그런 일을 떠벌려 당신을 망신 줄 만큼 고약한 심성을 가진 사람은 아니니까.”

“고맙네요, 쥘리앵 소렐 씨. 그럼 안녕히 가세요.”

두 사람은 마치 난생처음 만난 사람들처럼 정중하게 인사를 하고 헤어졌다. 자신의 서재로 돌아온 쥘리앵은 치밀어 오르는 분노를 견딜 수가 없었다. 마틸드라는 변덕쟁이 귀족 처녀에게 농락당한 자신이 미치도록 미웠다.

그렇다고 마틸드를 사랑하는 마음까지 없어진 것은 아니었다. 그래서 쥘리앵은 더욱 괴로울 수밖에 없었다.

밤새 잠을 이루지 못한 쥘리앵은 마틸드 때문에 미루어 두었던 랑그도크 여행을 떠나기로 마음먹었다. 단 한순간이라도 마틸드와 얼굴을 마주친다면 분노가 폭발할 것만 같았기 때문이다.

시내에 나가 마차를 예약한 쥘리앵은 여행 일정을 보고하기 위해 라몰 후작의 서재를 찾았다. 그런데 그 방에는 외출 중인 후작 대신 마틸드가 소파에 앉아 있었다. 쥘리앵이 들어서자마자 마틸드가 말했다.

"어쩌면 그토록 간단하게 절교를 선언할 수가 있어요? 당신은 처음부터 나를 사랑하지 않았던 거죠?"

쥘리앵은 어처구니가 없었다. 상대방에게 책임을 전가하는 방법 역시 귀족의 딸답게 야비하다는 생각이 들었다. 그래서 자신의 생각을 가감 없이 쏟아내 버렸다.

"사람을 대놓고 무시하는 것으로도 모자라, 어렵게 찾아간 나한테 견딜 수 없다고 말한 건 당신이 아닌 다른 사람이었던가요?"

마틸드 역시 물러서지 않았다.

"단 한순간이라도 사랑을 했으면 책임을 져야지요! 당신은 무책임한 사람이에요. 나는 그런 당신을 사랑했다는 게 화가 나요. 역시 태생은 어쩔 수 없다는 생각이 들기도 하고요!"

"태생이 어떻다고요?"

쥘리앵은 거의 이성을 잃어버렸다. 순간적으로 상대방의 치명적인 약점을 건드려 버린 마틸드 역시 아차 싶었지만 이미 엎질러진 물이었다. 얼굴이 얼음장처럼 차가워진 쥘리앵이 벽에 걸린 장식용 칼을 집어 들었다.

"쥐, 쥘리앵!"

쥘리앵은 입술을 다부지게 깨문 채 마틸드의 목에 칼을 들이댔다. 쥘리앵의 눈빛은 살인을 저지르고도 남을 만큼 분노로 이글거렸다. 그런데 바로 그때 라몰 후작이 떠올랐다.

'이건 아니야! 순간적인 감정 때문에 은혜를 원수로 갚을 수는 없지!'

쥘리앵은 퍼뜩 정신을 차렸다. 그리고 몇 차례 심호흡을 하여 마음을 가라앉힌 다음, 칼을 제자리에 꽂아 놓았다. 마틸드는 그런 쥘리앵을 말없이 바라보고 있었다.

마틸드는 무척 놀랐다. 자신의 목에 칼을 들이댈 것이라는 생각은 꿈에도 하지 못했기 때문이다. 그런데 극점까지 치달았던 감정을 억누르는 쥘리앵의 모습이 그렇게 매력적일 수가 없었다. 게다가 차가운 칼날이 목에 닿은 순간, 쥘리앵을 향한 자신의 사랑은 전혀 변하지 않았다는 사실을 깨달았다. 마틸드는 그런 생각을 하면서 서재를 빠져나왔다.

위기일발의 순간이 지난 직후에 라몰 후작이 외출에서 돌아왔다. 쥘리앵은 후작에게 랑그도크에 다녀오겠다고 말했다. 그런데 후작이 고개를 저었다. 그보다 급하게 처리해야 할 일이 있다는 것이었다.

밖으로 나온 쥘리앵은 자괴감이 들었다. 어느 것 하나 마음대로 할 수 없는 자신이 한없이 비참해졌다. 그것이 바로 마틸드가 말한 태생의 한계였다. 쥘리앵은 능력이나 사고의 한계가 아니라 자율성의 한계를 절감하고 있었다.

하마터면 목숨을 잃을 뻔한 위험에 처했던 마틸드는 의외로 표정이 무척 밝았다. 곧바로 자신의 방으로 올라간 그녀는 연신 콧노래를 흥얼거리기까지 했다.

'쥘리앵은 여전히 나를 사랑하고 있어. 결별을 선언한 건 나한테 선수를 빼앗기기 싫어서 그랬던 것에 불과했어. 감히 내목에 칼을 들이밀 정도의 열정이라니! 그는 정말 매력 있는 사람이야.'

마틸드는 자신의 경솔함을 반성했다. 그리고 다시는 쥘리앵을 멀리하지 않겠다고 결심했다. 마틸드는 저녁 식사를 마친 후산책을 하고 있는 쥘리앵의 뒤를 쫓아갔다.

"쥘리앵, 내가 잘못했어요. 내 좁은 마음이 당신을 힘들게 했다는 걸 이제야 깨달았어요. 그러니 제발 용서해 줘요. 나는 여전히 당신을 사랑하고 있어요."

마틸드의 그 한마디는 분노로 얼룩졌던 쥘리앵의 마음을 단번에 씻어 내렸다. 두 사람은 서로를 있는 힘껏 끌어안았다.

"마틸드, 당신을 향한 내 사랑 역시 처음 그대로 간직하고 있습니다!"

쥘리앵과 마틸드는 여느 때보다 행복한 마음으로 밤늦게까지 산책을 했다. 그런데 도중에 마틸드가 자신이 과거에 잠깐씩 사랑했던 귀족 청년들에 대한 이야기를 꺼냈다. 사랑하는 사람들 사이에는 비밀이 없어야 한다는 생각 때문이었다.

하지만 쥘리앵은 기분이 좋지 않았다. 비록 마틸드가 경험한 사랑이 짧은 기간에 불과했을 뿐만 아니라, 지금은 모두 끝나 버린 것이라 할지라도 타오르는 질투심을 억누르기가 힘들었다. 그런데 마틸드는 일주일이 넘도록 지난 사랑에 대한 이야기를 계속하는 것이었다.

견디다 못한 쥘리앵이 입을 열었다.

"마틸드, 이젠 그만해도 될 듯합니다."

"뭐가요?"

"당신은 지난 일주일 동안 내게 다른 남자와의 사랑 얘기만 했어요."

"내가 그랬던가요?"

"어떻게 내 앞에서 지나간 남자들에 대한 이야기를 일주일씩이나 계속할 수 있는 건지……. 나를 정말로 사랑하고 있기는 한 건가요?"

분위기는 일순간에 싸늘하게 변해 버렸다. 마틸드는 놀라기도 하고 화도 나서 어찌해야 할지를 몰랐다. 자신이 여러 남자와 사랑한 것은 맞지만, 그것이 정색을 할 만큼 심각한 사안은 아니라는 생각이 들었던 것이다.

'달갑지 않은 이야기를 아무렇지도 않은 표정으로 어떻게 일주일씩 들을 수 있었을까? 쥘리앵은 생각보다 무서운 구석이 많은 사람이야. 혹시 나를 향한 사랑 역시 그동안 식어 버리지는 않았을까?'

그날 이후, 두 사람은 의식적으로 서로를 피했다. 마틸드는 틈만 나면 예전에 사랑한 적이 있다는 크루아즈누아 후작이나 케일뤼스 백작 등을 불러 보란 듯이 데이트를 즐겼다. 질투심에 휩싸인 쥘리앵은 그런 마틸드를 먼발치에서 바라볼 수밖에 없었다.

그렇다고 해서 마틸드가 쥘리앵을 완전히 포기해 버린 것은 아니었다. 다른 귀족 청년들과 데이트를 하면서도 그녀의 머릿속은 쥘리앵으로 가득했다. 한시라도 빨리 쥘리앵과 화해를 하고 싶었지만 용기가 나지 않았다.

몇 차례 자살할 결심까지 했던 쥘리앵은, 맨 처음 마틸드를 만날 때 그랬던 것처럼 사다리를 타고 그녀의 창문 앞까지 올라갔다. 어떻게든 결정을 내려야 편하게 숨을 쉴 수 있을 것만 같았기 때문이다.

"쥘리앵입니다. 문 좀 열어 줄래요?"

창문을 연 마틸드가 쥘리앵의 팔을 잡아 창문을 쉽게 넘을 수 있도록 당겨 주었다. 쥘리앵이 방 안에 들어서자 마틸드가 쥘리앵의 가슴에 와락 안겼다.

"보고 싶었어요, 쥘리앵! 난 역시 당신이 없으면 아무것도 할 수 없어요. 당신 없이는 단 하루도 살 수가 없다고요!"

그렇게 두 사람은 또다시 화해를 했다. 하지만 이번 평화 역시 오래가지는 않았다. 서로에게 익숙해진 만큼 본질적인 성향이 하나씩 드러나기 시작하면서 마음의 벽이 조금씩 두꺼워지고 있었던 것이다.

시간이 흐르면서 마틸드는 쥘리앵을 하인 대하듯 하기 시작했다. 설렘이 식으면서 귀족 특유의 버릇이 나타난 것이었다. 쥘리앵이 특히 견딜 수 없었던 것은, 마틸드가 많은 사람 앞에서 아무렇지도 않은 듯 자신을 무시할 때였다.

쥘리앵은 그런 마틸드를 견디다 못해 치를 떨었다. 그래서 쥘리앵은 마지막 결심을 하고 마틸드를 찾아갔다. 마틸드는 쥘리앵을 보자 여전히 하인을 대하듯 대수롭지 않게 입을 열었다.

"내게 할 말이라도 있나요?"

"마틸드, 난……."

"우리 사이를 폭로라도 하겠다는 말인가요?"

"그게 아니라……."

"마음대로 하세요. 난 이미 당신을 사랑하지 않으니까!"

"마틸드, 그런 것이 아니라 나는 단지……."

하지만 마틸드는 쥘리앵의 말을 들을 자세가 전혀 되어 있지 않았다. 오히려 귀찮게 하지 말라는 듯 짜증스러운 표정을 지을 뿐이었다.

"나는 라몰 후작의 딸이고, 당신은 내 아버지의 비서예요. 그러니 내 앞에서 함부로 고개를 치켜들지 말라고요!"

쥘리앵은 아무 말도 할 수 없었다. 마틸드의 마음이 완벽하게 정리된 듯싶었기 때문이다. 귀족들의 사랑, 쥘리앵으로서는 도저히 그것을 이해할 수가 없었다.

흔들리는 마음을 붙잡다

마틸드와의 갈등이 지속되는 중에도 쥘리앵은 라몰 후작의 비서 임무에 소홀하지 않았다. 쥘리앵에 대한 후작의 신임은 갈수록 깊어만 갔다. 라몰 후작은 어느 날 쥘리앵에게 같이 외출을 해야 한다며 준비하라고 했다.

후작이 쥘리앵을 데리고 간 곳은 어떤 공작의 저택이었는데, 그곳에는 이미 여러 귀족과 성직자가 모여 회의를 준비하고 있었다. 라몰 후작이 쥘리앵에게 말했다.

"쥘리앵, 자네가 여기에서 할 첫 번째 일은 우리가 나눈 이야기를 빠짐없이 기록하는 것이네. 그리고 두 번째 임무는 그 기록을 내가 나중에 알려 줄 공작님께 전해 드리는 것일세."

"알겠습니다, 후작님."

그곳에 모인 사람들은 대부분 궁정에서 높은 직위를 갖고 있는 인물들이었다. 그들은 나라 곳곳에서 벌어지고 있는 반란에 대해 걱정을 했다. 나아가 귀족 중심의 왕정을 반대하는 한편 고착화된 성직자의 권위에도 반대하는 국민들의 거센 여론을 잠재우기 위한 방법을 논의했다.

쥘리앵은 그제야 작금의 여론이 귀족을 비롯한 기득권층에 불리하게 돌아가고 있다는 사실을 알게 되었다. 그리고 그 여파는 머지않아 혁명이 일어날 정도로 크고 심각하다는 사실 역시 깨닫게 되었다. 그들은 만약에 혁명이 일어날 경우에 외국의 지원을 받는 방법까지 궁리하고 있었다.

회의는 이튿날 동틀 무렵에야 끝이 났고, 쥘리앵은 후작의 지시대로 한 글자도 빠뜨리지 않고 꼼꼼하게 기록했다. 그 기록은 곧 봉투에 들어가 봉인이 되었다. 후작은 평소와 확연히 다를 만큼 경직된 얼굴로 쥘리앵에게 당부했다.

"자네도 이미 눈치를 챘겠지만, 이 문서는 우리 프랑스의 안전과도 관련이 있는 중요한 것일세."

"예."

"혹시 자네가 이 밀서를 갖고 있다는 사실이 알려진다면, 우리가 추진하고 있는 일의 성패는 물론 자네의 목숨도 보장할 수가 없네. 그래도 할 수 있겠는가?"

"예, 하겠습니다."

"스트라스부르까지 가는 동안 휴가를 즐기는 편안한 복장을 할 것은 두말할 여지도 없을 뿐더러, 자네의 표정까지도 한가한 여행객과 같아야 하네. 알겠는가?"

"걱정하지 마십시오."

쥘리앵은 그렇게 파리를 벗어났다. 하지만 마음은 천근만근 무거웠다. 목숨이 위태로울 만큼 중요한 비밀문서를 갖고 있다는 사실도 그렇고, 마틸드와의 관계 역시 그 못지않은 비중으로 마음을 어지럽혔다.

그런데 사흘째 되던 날부터 자신이 타고 있는 마차를 누군가가 뒤따르고 있는 듯한 느낌이 들었다. 그래서 마부에게 혹시 노상강도가 나타난 적은 없었는지 물어 보았다. 아무것도 모르는 마부는 너털웃음을 터뜨리며 마부 생활 30년 동안 그런 일은 없었으니 걱정하지 말라고 했다.

그날 밤, 여관을 잡은 쥘리앵은 일찌감치 저녁을 먹은 뒤 잠자리에 들었다. 하지만 중요한 임무를 띠고 있는 만큼 숙면에 들지는 못했다. 그런데 새벽녘이 가까워질 무렵, 이상한 예감 때문에 잠에서 깨어난 쥘리앵은 눈을 감은 채 주변 동정에 귀를 기울였다.

흉기를 들고 있는 듯한 두 남자가 자신의 가방을 뒤지고 있었다. 하지만 넣어 두지도 않은 비밀문서가 가방에서 나올 리 만무했다. 두 남자가 낮은 목소리로 소곤거렸다.

"아무것도 없는데? 우리가 잘못 짚었어."

"그래?"

"가방을 보니 저 친구는 돈 많고 할 일 없는 놈팡이가 분명해."

"에이! 그렇다면 괜한 헛수고를 했잖아?"

두 남자가 몸을 돌려 나가는 기척을 보이자 쥘리앵은 실눈을 뜨고 그들의 행색을 살펴보았다. 나중에 또 어떤 일을 당할지 모르기 때문이었다. 그런데 쥘리앵은 하마터면 소리를 지를 뻔했다. 둘 중에 한 사람이 브장송 신학교 신부였던 것이다. 결국 반정부 운동을 하는 사람들 중에는 성직자도 상당수 있다는 말이었다.

며칠 후, 쥘리앵은 무사히 스트라스부르에 도착했다. 공작은 쥘리앵에게 은밀한 장소를 정해 주며 그곳에서 기다리라고 했다. 그리고 두 시간이 넘어서야 공작의 얼굴을 볼 수 있었다. 쥘리앵은 신발 속에 숨겨 온 밀서를 공작에게 전해 주었다.

밀서를 확인한 공작이 말했다.

"일주일 후 정오에 이곳으로 다시 오면 답장을 주겠네."

공작이 한 말은 그것이 전부였다. 그래서 일주일 동안 스트라스부르에 머물 수밖에 없게 된 쥘리앵은 숙소를 정한 다음, 정말로 할 일이 없는 여행객이 되어 시내를 구경하기도 하고 교외로 산책을 나가기도 했다.

그러다 우연히 낯익은 한 남자와 마주치게 되었다.

"코라소프 공작님!"

"아니, 이게 누구야? 쥘리앵 소렐이 아닌가?"

"네, 그동안 안녕하셨어요?"

코라소프 공작은 쥘리앵이 런던에 두 달 동안 머물면서 알게 된 귀족이었다. 그는 귀족답지 않게 격식을 중요하게 여기지 않았다. 그래서 아무것도 모르는 쥘리앵에게 귀족들의 예절이며 생활 방식에 대해 아낌없이 가르쳐 주었던 고마운 사람이었다.

"쥘리앵, 그런데 자네 얼굴이 많이 어두워 보이는 까닭은 뭘까? 젊은 사람이 그런 얼굴을 하고 다니면 쓰나?"

천성적으로 낙천적인 성격의 공작은 걱정도 농담처럼 웃으면서 했다. 쥘리앵은 코라소프 공작에게까지 비밀로 할 것도 없다 싶은 생각에 고민을 털어놓았다. 물론 마틸드나 라몰 후작의 이름까지 정확하게 말하지는 않았다.

"공작님께서 잘 보셨어요. 저는 얼마 전 사랑하는 사람과 헤어졌습니다. 그래서 많이 힘든 상황입니다."

"오호라! 그래서 여행을 하는 중이구먼!"

"그런 셈이지요. 저는 늘 그대로인데, 여자의 마음이 갑자기 변해 저를 만나지 않겠답니다."

"그래?"

"모든 면에서 저보다는 훨씬 더 좋은 조건을 가진 여자랍니다. 그래서 더욱 마음이 아파요. 제가 가진 열악한 조건 때문에 사랑까지도 제대로 할 수 없게 되는구나 싶어서 말입니다."

심각하게 말하고 있는 쥘리앵과는 달리, 코라소프 공작은 주변 사람들이 쳐다볼 만큼 큰 소리로 웃은 다음에 말했다.

"그깟 일로 풀이 죽으면 안 되지. 외국의 수많은 외교관 앞에서도 누구보다 당당했던 자네가 말일세."

"하지만 그것과는……."

"그런 일이라면 내가 도와주지. 이래 봬도 내가 사랑의 전문가란 말일세. 내가 시키는 대로만 하면 그 여자는 곧 자네에게 되돌아올 걸세."

"그게 정말이십니까?"

애가 탄 쥘리앵이 눈을 동그랗게 뜨고 물었다. 입가에 미소를 머금은 코라소프 공작은 고개를 끄덕이며 말을 이었다. 결별을 선언한 여자의 마음을 되돌리는 방법은 오직 한 가지뿐이라고 했다. 그것은 바로 질투심을 유발하는 것이었다.

"우선 자네가 사랑하는 그 아가씨 주변에 아주 그럴듯한 여자가 있는지 곰곰이 생각해 보게."

"예? 주변에 있는 여자를요?"

"그래, 그런데 그 여자가 자네 애인보다 모든 면에서 월등하게 뛰어날수록 효과가 있어."

"……?"

"어쨌든 그런 대상을 찾아낸 다음, 그 여자한테 접근을 하는 거야. 그렇다고 해서 정말로 사랑을 시작해 버리면 절대로 안 되지. 그저 사랑하는 척 연기를 해야 하는데, 그런 사실을 자네가 사랑하는 아가씨가 속속들이 알도록 해야 하네."

"그다음에는……?"

"그리고 기다리는 거야. 그러면 반드시 어떤 반응이 있을 거야."

"그 방법이 성공할 수 있을까요?"

"그럼. 자네가 연극을 제대로 하기만 한다면 반드시 성공할 걸세. 그러니 용기를 잃지 말게나."

코라소프 공작은 집에 들어가는 대로 자신이 젊었을 때 써먹은 적이 있는 편지 꾸러미를 쥘리앵의 숙소로 보내 주기로 했다. 그것을 참조해서 연애편지를 쓴 다음, 변심한 애인의 주변 여인에게 보내면 된다고 했다.

우연히 코라소프 공작을 만나 지루하지 않은 일주일을 보낸 쥘리앵은 정오가 되기를 기다려 라몰 후작의 비밀문서를 전해 준 그 장소로 다시 나갔다. 공작은 곧 나타나 답장을 건네주었고, 쥘리앵은 그길로 파리에 갔다.

쥘리앵이 전해 준 답장을 받고 라몰 후작은 편지 내용에 따른 후속 조치를 취하느라 바쁘게 시간을 보냈다. 그동안 쥘리앵은 코라소프 공작이 일러 준 대로 마틸드보다 더 월등한 조건을 갖춘 상대를 물색했다.

그러던 어느 날, 쥘리앵은 한 여자의 얼굴을 떠올리고는 쾌재를 불렀다. 귀족들의 파티에 참석하기 시작하면서 몇 차례 얼굴을 본 적 있는 페르바크 원수 부인이 떠올랐던 것이다.

그녀는 모든 면에서 완벽했다. 출신 가문도 마틸드와는 상대가 되지 않을 정도였고, 미모 또한 누구와 견주어도 뒤지지 않을 만큼 뛰어났다. 게다가 20대 후반의 나이라 여인으로서의 완숙미가 한껏 돋보일 뿐만 아니라 지성이나 교양 역시 최고 수준이었다.

마음을 결정한 쥘리앵은 더 이상 마틸드의 눈치를 살피지 않았다. 그녀의 시선을 피하지도 않았으며, 어쩌다 눈길이 마주치기라도 하면 지극히 무심한 표정을 지어 보였다.

나아가 페르바크 부인이 참석하는 파티는 일부러 빼놓지 않고 나갔다. 편지 역시 꾸준하게 보내고 있었다. 그런 와중에 마틸드는 집안 어른들이 권하는 크루아즈누아 후작과 약혼을 하겠다고 선언했다.

하지만 쥘리앵은 포기하지 않았다. 마틸드가 보고 있는 곳에서는 페르바크 부인에게 더욱 친절하게 대했다. 그런 쥘리앵을 볼 때마다 마틸드는 형언할 수 없는 묘한 기분에 휩싸였다. 시간이 흐를수록 쥘리앵에 대한 사랑이 엷어지지 않았다는 사실을 마틸드 스스로 인정하고 있었다.

그즈음 페르바크 부인은 남편의 심부름으로 거의 매일 라몰 후작의 저택을 찾았다. 정치적 동지인 라몰 후작과 페르바크 원수가 혼란스러운 정국을 타개하기 위해 어떤 일을 준비하고 있는 듯했다. 쥘리앵으로서는 절호의 기회를 잡은 셈이었다.

그런데 페르바크 부인은 쥘리앵의 편지에 아무런 반응도 보이지 않았다. 한 달이 넘도록 편지를 보냈는데도 평소와 다른 눈빛 한 번 보내지 않는 것이었다. 하지만 쥘리앵은 그녀의 마음을 사로잡는 것이 목적이 아니었으므로 그다지 신경 쓰지 않았다.

그러던 어느 날이었다.

저녁 식사를 마치고 정원을 산책하던 쥘리앵은 이상한 느낌이 들어 마틸드의 방을 올려다보았다. 마틸드가 커튼 뒤에 숨어서 창문 너머로 자신을 훔쳐보고 있었다. 쥘리앵은 마음속으로 쾌재를 불렀다. 코라소프 공작이 일러 준 작전이 맞아떨어지고 있었다.

그 후로도 마틸드는 쥘리앵의 동태를 꾸준히 살폈다. 하지만 쥘리앵은 전혀 내색을 하지 않았다. 언제 어디서 마틸드와 마주치더라도 지극히 정중하게 예의를 차려 오히려 거리감을 더하게 만들었다.

언젠가부터 마틸드는 약혼을 하기로 했던 크루아즈누아 후작을 만나는 횟수가 줄어들기 시작했다. 마틸드의 마음이 다시 쥘리앵을 향해 기울어지고 있는 것이었다.

그즈음 꼼짝도 하지 않던 페르바크 부인도 이상한 기분에 휩싸이기 시작했다. 처음 쥘리앵의 편지를 받았을 때만 해도 장난이라고 여겼다. 그런데 두 달 가까이 구애의 편지가 계속되자 은근히 다음 편지가 기다려지는 것이었다.

그래서 페르바크 부인은 쥘리앵에게 편지를 한 통 보냈다. 그것은 만찬 초대장이었다. 만찬장에서 쥘리앵의 모든 것을 보다 자세히 살피고 싶었던 것이다. 하지만 오랜 시간 동안 가까운 곳에 있었으면서도 두 사람은 눈길 한 번 마주치지 않았다.

쥘리앵은 이제 편지를 그만 보내기로 마음먹었다. 페르바크 부인의 반응이 너무나 냉담했기 때문이다. 그런데 그날 저녁 페르바크 부인에게서 답장이 왔다. 일상적인 내용에 불과했지만, 답장을 보내왔다는 사실 자체가 쥘리앵의 작전이 성공할 가능성이 있음을 말해 주었다.

페르바크 부인의 편지가 쥘리앵에게 오고 있다는 사실을 곧 마틸드도 알게 되었다. 마틸드는 편지를 수발하는 하인을 불렀다. 그리고 쥘리앵에게 배달되는 모든 편지를 자신에게 가져오라고 명령했다.

"모든 책임은 내가 질 거야. 그러니 아무 걱정 말고 내게로 가져와. 알았지?"

"예, 아가씨."

그렇게 며칠이 지난 어느 날, 마틸드가 쥘리앵의 서재로 뛰어들어와 다짜고짜 눈물을 터뜨렸다. 쥘리앵은 일부러 자리에서 일어나지도 않은 채 멀뚱한 눈으로 마틸드를 쳐다보며 말했다.

"아가씨, 왜 그러십니까? 어디 다치기라도 하셨나요?"

마틸드가 울먹거리며 대답했다.

"당신의 마음은 어디에 있나요? 나를 사랑한 것이 아니었나요?"

쥘리앵이 냉정하게 말했다.

"한때는 그랬었지요, 아가씨. 하지만 아가씨께서는 제게 라몰 후작의 비서로서 직분을 망각하지 말라고 호통을 치셨지요."

마틸드는 여전히 눈물을 흘리고 있었다.

"쥘리앵, 나는 더 이상 견딜 수가 없어요! 당신을 다른 여자한테 빼앗기기 싫단 말이에요."

쥘리앵은 눈 한 번 깜박이지 않고 차분하게 말했다.

"이러지 마십시오, 아가씨. 아가씨께서는 곧 크루아즈누아 후작님과 약혼식을 올릴 몸입니다. 아무리 제가 비천한 평민 출신이라지만 이런 식으로 인격 모독을 하시는 건 옳지 않습니다."

"쥘리앵! 나는 아직 당신을 사랑하고 있어요. 그러니 제발 페르바크 부인과의 편지는 그만둬요, 네?"

쥘리앵은 드디어 작전이 결실을 맺었다고 생각했다. 하지만 아직 모든 것을 옛날로 되돌릴 수는 없었다. 마틸드가 앞으로 두 번 다시 변덕을 부려서는 안 되기 때문이었다.

"아가씨, 저는 한때 아가씨를 진심으로 사랑했습니다. 그래서 일방적인 결별을 통보받은 뒤, 내 삶은 더 이상 의미가 없다고 여겨 자살을 생각한 적도 있었지요."

"쥘리앵!"

"그것이 아가씨께서 하찮게 여기는 평민 출신 쥘리앵 소렐이 사랑하는 방법이었습니다."

"그러니 쥘리앵, 제발 다시 돌아와 줘요!"

마틸드가 애원을 하고 있었다. 그런 마틸드를 보고 있는 쥘리앵도 마음이 아팠다. 하지만 그의 냉정한 말은 계속되었다.

"이것 보세요, 마틸드 아가씨! 저는 아가씨의 장난감이 아닙니다. 죽 끓듯 변덕스러운 귀족들의 사랑 놀음에 울고 웃는 광대가 아니란 말입니다. 아시겠어요?"

"쥘리앵, 제발 그 아가씨라는 말은 그만……. 예전처럼 마틸드라고 다정하게 불러 주면 안 되나요?"

"비서가 직업인 제가 어찌 아가씨의 고귀하신 이름을 함부로 부를 수가 있겠습니까? 그건 서로 사랑하는 귀족들 사이에서나 통용되는 호칭 방법으로 알고 있습니다만……. 그렇게 불리고 싶으면 크루아즈누아 후작님께 부탁하시지요."

마틸드에게는 이제 더 이상 상할 자존심도 없었다. 하지만 쥘리앵은 여전히 완강했다. 그렇다고 쥘리앵을 포기하고 싶은 생각은 전혀 없었다. 그래서 울었다. 그저 눈물을 흘릴 수밖에 없었다.

그렇게 한참을 울고 있는데 쥘리앵이 서랍을 열어 십여 통의 편지 뭉치를 던져 주었다. 영문을 모르는 마틸드는 그 편지를 살펴보았다. 모두가 페르바크 부인에게서 온 편지였다. 그런데 하나같이 봉투를 뜯지도 않은 채 그대로 보관한 편지들이었다.

“오, 쥘리앵! 당신은 페르바크 부인을 사랑한 것이 아니었군요?”

“……!”

“그렇다면 이제 내게로 돌아오기만 하면 되잖아요?”

“아가씨, 저는 페르바크 부인에게 감사하고 있습니다. 모두들 저를 무시할 때 그분은, 그 누구보다 귀한 신분을 타고난 그분만은 저를 동등한 인간으로 대해 주셨거든요.”

“내가 할게요. 앞으로는 내가 그렇게 해 줄게요, 쥘리앵!”

“아니요, 저는 아가씨 말씀을 믿을 수가 없습니다. 더구나 아가씨 때문에 입은 상처는 아직 아물지도 않았어요. 저는 더 이상 아가씨 때문에 마음을 다치기 싫습니다.”

하지만 마틸드는 포기하지 않았다. 무릎을 꿇고 진심으로 잘못을 빌었다. 쥘리앵은 그제야 못 이기는 척 말했다.

“제게 시간을 주십시오. 심각하게 생각해 보겠습니다.”

평소에 마틸드가 그런 말을 들었더라면 뺨이라도 서너 차례 휘갈겼을 것이었다. 하지만 그 말을 끝으로 휭하니 밖으로 나가 버리는 쥘리앵의 뒷모습을 보면서 마틸드는 안도의 한숨을 내쉬었다.

쥘리앵, 최후를 맞이하다

쥘리앵은 여전히 일정한 거리를 두고 마틸드를 대했다. 쥘리앵 자신도 그런 현실이 가슴 아팠지만 어쩔 수 없는 일이었다. 이번 기회에 마틸드의 마음을 확실하게 잡아 두지 않으면 두고 두고 후회할 것만 같았기 때문이다.

마틸드 역시 쥘리앵의 냉담한 태도 때문에 가슴앓이를 하고 있었다. 자신의 마음을 그토록 확실하게 보여 줬음에도 불구하고 쥘리앵에게 변화의 조짐이 보이지 않자, 마틸드는 보다 대담한 방법으로 자신의 속내를 드러내 보였다.

심지어는 가족과의 식사 시간에도 두 사람 사이를 의심할 만한 위험천만한 말을 거침없이 내뱉는가 하면, 친하게 지내는 귀

족들과 함께 오페라 극장을 오가면서 대범하게 팔짱을 끼기도
했다.

"내 사랑은 두 번 다시 변하지 않아요, 쥘리앵!"

마틸드는 기회만 있으면 같은 말을 반복했다. 마치 쥘리앵의
머릿속에 그 말을 각인시켜 버리려는 듯했다. 쥘리앵은 그런 마
틸드의 행동이 누군가의 눈에 띌까 봐 부담스러우면서도 한편
으로는 행복했다.

어느 날, 마틸드가 정색을 하고 말했다.

"당신은 아직도 나를 믿지 못하고 있어요."

"……!"

쥘리앵은 여전히 그 부분에 대한 대답은 유보하고 있었다. 그
러자 마틸드가 한숨을 길게 내쉬고 쥘리앵의 손을 잡았다. 쥘리
앵은 그런 마틸드를 가만히 바라보고만 있었다. 마틸드가 쥘리
앵의 손을 자신의 배 위에 갖다 댔다.

"쥘리앵, 그래도 모르겠어요?"

"뭘 말이에요?"

"내 배 속에 아기가 들었어요. 며칠 전에야 알았어요."

"마틸드, 지금 뭐라고 했어요?"

"내 배 속에 당신의 아기가 자라고 있다고요! 쥘리앵, 당신의
아기를 느끼고도 내 사랑을 믿지 못하겠어요?"

마틸드는 이제 세상에 두려울 것이 없다는 듯 당당한 표정으로 말을 마쳤다. 쥘리앵은 소스라치게 놀랐다. 하지만 그것은 감동과 행복의 놀라움이었다. 자신의 아이를 가졌다며 자랑스럽게 말하는 마틸드가 그 어느 때보다 아름다워 보였다.

"나는 곧 아버지께 편지를 쓸 예정이에요. 우리의 관계, 지금의 상황, 그리고 앞으로의 계획 등에 대해 빠짐없이 말씀드리고 싶어요."

"……!"

쥘리앵은 그 이후의 일이 암담했다. 편지를 받은 라몰 후작의 반응은 보지 않아도 뻔했기 때문이다. 마틸드가 말을 이었다.

"아버지는 당연히 분노하시겠지요. 어쩌면 당신을 내쫓을 수도 있어요. 하지만 그 부분은 당신이 이해해 줘야 해요. 내 아버지니까……. 어쨌든 일이 그렇게 되면 나는 당신과 함께 집을 나올 거예요. 그리고 라몰 후작의 딸이 아닌 쥘리앵 소렐의 아내로 살 작정이에요."

쥘리앵은 그런 마틸드가 너무나 고마웠다. 이젠 정말로 변덕스럽지 않은 자신의 여자가 되었다는 생각이 들었다. 하지만 라몰 후작에게는 말할 수 없이 미안한 마음이 들었다.

"나는 당신 아버지께 은혜를 원수로 갚는 불한당이 되어 버렸습니다. 하지만 견뎌 낼 것입니다, 당신과 함께! 그리고 마틸드, 맨 처음 당신에게 마음을 빼앗긴 이후 단 한순간도 당신을 사랑하지 않은 적이 없었습니다."

두 사람의 오랜 냉전은 그렇게 끝을 맺었다. 모처럼 두 사람은 얼굴을 마주 보며 행복 가득한 미소를 머금었다.

그로부터 일주일 후, 쥘리앵은 라몰 후작의 부름을 받았다. 후작이 마틸드가 보낸 편지를 받은 것이었다. 라몰 후작은 지금까지와는 전혀 다른 사람이 되어 있었다. 고함을 지르고 욕설을 퍼붓더니, 급기야는 손에 잡히는 물건을 죄다 쥘리앵에게 던졌다. 쥘리앵은 꼼짝도 하지 않고 서서 후작의 분노를 고스란히 받아들였다.

"이런 배은망덕한 놈을 봤나! 너 같은 놈이 어떻게 감히 내 딸을 꼬드길 수가 있어? 입이 있으면 말을 좀 해 봐! 뭐라고 변명이라도 해 보란 말이다!"

너무 오랫동안 소리를 질러 대는 바람에 후작의 목이 잠기고 있었다. 쥘리앵이 조심스럽게 입을 열었다.

"후작님께서 저를 어떻게 돌봐 주셨는지 잘 알고 있습니다. 그래서 저 역시 감사하는 마음으로 지금까지 최선을 다해 일했습니다. 하지만 저는 결국 후작님의 배려를 저버리게 되었습니다. 그 점에 있어서 뭐라고 드릴 말씀이 없을 만큼 죄송한 마음을 갖고 있습니다. 그러나 마틸드는 너무나 아름다운 여자입니다. 저는 그런 마틸드의 고백을 거절할 수가 없었습니다."

후작이 다시 고함을 질렀다.

"네가 생각이 있는 놈 같으면 거절을 했어야 해! 그런데 거절은커녕 내 딸에게 아이를 갖게 해? 네가 사람이냐? 사람이라면 어떻게 이토록 참담하게 배신을 할 수가 있어, 응? 이 나쁜 놈아!"

쥘리앵은 어금니를 악물었다. 그리고 주머니 속에 넣어 둔 권총을 꺼내 책상 위에 올려놓았다. 그러자 극도로 흥분해 있던 라몰 후작이 흠칫 놀랐다. 권총을 꺼낸 쥘리앵의 의도를 알 수 없었기 때문이다. 잠시 후, 쥘리앵이 낮은 목소리로 말했다.

"저는 이미 오래전부터 죽음을 각오하고 있었습니다. 그러니 후작님께서 원하신다면 저를 죽여도 좋습니다. 저는 후작님께서 어떤 결정을 내리시든 눈곱만큼의 원망도 하지 않고 고스란히 받아들일 것입니다."

쥘리앵은 그렇게 말한 다음, 라몰 후작의 방에서 나왔다.

밖으로 나온 쥘리앵은 암담했다. 그래서 피라르 신부를 찾아갔다. 쥘리앵이 바쁜 시간을 보내는 바람에 한동안 만나지 못했지만, 피라르 신부는 여전히 옛날 모습 그대로였다.

"그동안 마음고생이 많았네."

쥘리앵의 이야기를 묵묵히 듣고 있던 피라르 신부가 위로하듯 말했다.

"두 사람 사이의 사랑은 지극히 개인적인 문제이지. 하지만 라몰 후작의 입장에서 보면 가문 전체의 문제이기도 하다네. 그래서 제삼자인 나 역시 뭐라고 할 말이 없네."

쥘리앵이 깊은 시름에 젖어 혼잣말처럼 중얼거렸다.

"저는 라몰 후작의 결정에 따를 예정입니다. 만약 그분이 저를 죽이겠다면 그 역시 군말 없이 받아들일 것입니다. 다만 마음에 걸리는 것이 있다면, 제가 죽은 뒤에 남게 될 마틸드와 아직 태어나지도 않은 제 아이입니다."

"……!"

피라르 신부 역시 한숨을 깊이 내쉬었다.

쥘리앵이 라몰 후작의 저택으로 들어서자 마틸드가 달려 나와 그를 힘껏 끌어안았다. 옆에 서 있던 하녀가 화들짝 놀라 손에 들고 있던 수건을 떨어뜨렸지만 마틸드는 개의치 않았다. 이제 두려울 것이 없다는 표정이었다.

"쥘리앵, 지금 당장 이곳을 떠나 빌리키 별장으로 가 있어요. 가족이 모두 극도로 흥분한 상태이기 때문에 무슨 일이 벌어질지 모르겠어요!"

쥘리앵은 마틸드의 말대로 했다. 그리고 틈이 날 때마다 피라르 신부를 찾아갔다. 신부의 말에 따르면, 라몰 후작이 자신을 불러 두 사람 문제를 상의했다고 했다. 신부는 그때마다 하늘의 뜻을 거스르지 않음이 좋을 것 같다는 조언을 했다고 알려 주었다.

그렇게 한 달이 흘렀다. 그동안 쥘리앵은 눈에 확연히 뜨일 만큼 수척해져 있었다. 그러던 어느 날, 마틸드가 전에 없이 밝은 얼굴로 쥘리앵을 찾아와 키스를 퍼부었다.

"이제 끝났어요, 쥘리앵! 아버지께서 드디어 우리 두 사람의 사랑을 인정하기로 결심하셨단 말이에요!"

쥘리앵은 모든 것이 꿈만 같았다. 흥분을 가라앉힌 마틸드가 라몰 후작의 편지를 건네주었다.

쥘리앵 소렐 군은 보게.

그동안 상상도 하지 못했던 일이 벌어져 몹시 흥분한 상태였네.

자네와 마틸드 때문에 무척 괴롭고 고통스러운 시간을 보냈지.

하지만 나는 두 사람을 받아들이기로 결정했네.

그러니 그동안 벌어진 일에 대해서는 잊어 주기 바라네.

랑그도크 영지의 1년 수입이 2만 프랑인 것은 자네도 알 걸세.

그중에서 1만 프랑은 자네에게 상속될 것이네.

그리고 나머지 1만 프랑은 마틸드의 몫이니 그렇게 알기 바라네.

그로부터 보름도 지나지 않아 쥘리앵은 경기병 중위로 임명되었다. 라몰 후작이 사위에게 선사한 첫 번째 선물이었다. 그래서 쥘리앵은 스트라스부르에 있는 경기병 연대에서 근무를 하게 되었다.

쥘리앵은 행복했다. 주변의 모든 사람들에게 인정받는 군대 생활도 마음에 들었고, 곧 태어날 아기를 생각하면 혹시 꿈을 꾸고 있는 것은 아닌지 혼란스러울 정도였다.

그렇게 두 달이 지난 어느 날, 마틸드에게 급한 전갈이 왔다. 매우 중요한 일이 발생했으니 서둘러 파리로 오라는 것이었다. 쥘리앵은 연대장에게 보고를 한 뒤 파리로 향했다.

마틸드는 쥘리앵을 보자마자 품에 안기더니 다짜고짜 울기 시작했다. 영문을 알 수 없는 쥘리앵은 그저 답답할 뿐이었다. 마틸드가 한참 만에 입을 열었다.

"쥘리앵, 모든 게 끝났어요! 우리는 이제 끝이라고요!"

느닷없는 이야기에 쥘리앵이 깜짝 놀라서 물었다.

"도대체 무슨 일이에요? 왜 그런 말을 하는 거지요?"

마틸드가 편지 한 통을 꺼내 쥘리앵에게 보여 주며 말했다.

"이게 며칠 전 아버지한테 온 편지예요. 아버지는 이 편지를 보고 당신이 돈 때문에 나에게 접근했다고 판단하신 모양이에요. 어쨌든 당신을 죽이지는 않겠대요. 내 배 속의 아기를 사생아로 만들 수는 없으니까요."

쥘리앵의 시선이 편지로 옮겨졌다. 그것은 바로 레날 부인이 라몰 후작에게 보낸 편지였다.

저는 후작님의 편지를 받고 몹시 고민을 했습니다.

후작님께서 저에게 쥘리앵의 사람됨을 물으셨기 때문입니다.

하지만 결국은 펜을 들게 되었습니다.

진실은 밝혀져야 한다는 생각을 했으니까요.

후작님께서는 쥘리앵이 좋은 청년이라고 하셨습니다.

하지만 그것은 그의 겉모습만 보았기 때문입니다.

제가 알고 있는 쥘리앵은 그렇지 않습니다.

그의 가슴속에는 탐욕과 야망만 가득할 뿐, 진심이 없습니다.

후작님의 따님을 유혹한 것도 그런 이유일 것입니다.

출세와 신분 상승에 대한 욕망이 숨겨져 있을 거란 얘기
지요.

제가 알기로 그에게는 신앙심도 없습니다.

어쨌든 심사숙고하시기 바랍니다.

그를 사위로 맞아들이면 머지않아 크게 후회를 할 것입
니다.

저는 그렇게 확신하고 있습니다.

쥘리앵은 분노로 온몸을 부들부들 떨기 시작했다. 나아가 그
의 눈빛은 살기로 번뜩이고 있었다. 애써 마음을 가라앉힌 쥘리
앵이 마틸드에게 말했다.

"만약 내가 이런 편지를 받았더라도 후작님과 같은 결정을
내렸을 거요. 그러니 마틸드, 아버님을 원망하지 말아요."

쥘리앵은 그길로 베리에르에 갔다. 베리에르에 도착하자 많
은 사람이 그를 알아보았다. 그리고 출세에 대해 축하의 말을
건네기도 했다. 쥘리앵은 가급적 사람을 피해 무기상으로 들어
갔다.

무기상에서 권총 한 자루를 산 쥘리앵은 레날 시장의 저택으
로 달려갔다. 그런데 레날 부인은 집에 없었다. 마침 일요일이
라 미사를 드리기 위해 성당에 갔던 것이다. 쥘리앵의 발걸음은

다시 성당으로 내달렸다.

레날 부인은 기도를 올리고 있었다. 쥘리앵은 자신의 운명을 저주했다. 한때 사랑했던 여자가 새 출발을 하려는 자신을 완벽하게 무너뜨려 버렸다. 그래서 그는 지금 그녀를 죽이려 하는 것이다.

쥘리앵은 기도를 하고 있는 레날 부인을 향해 총을 겨누었다. 그리고 방아쇠를 당겼다. 하지만 빗나가고 말았다. 성당 안에 있던 사람들이 기겁을 하며 몸을 숙였다. 두 번째 총알이 발사되었다. 혼란 속에서도 기도를 멈추지 않고 있던 레날 부인이 쓰러졌다.

쥘리앵은 도망칠 생각이 없었다. 그래서 곧 감옥에 갇히게 되었다. 쥘리앵은 자신이 사형을 당할 것이라고 생각했다. 그렇게 생각하자 모든 것이 다 부질없게 느껴졌다. 그래서 차분하게 죽음을 준비했다.

그러나 총을 맞은 레날 부인은 목숨을 잃기는커녕 큰 상처도 입지 않았다. 총알이 옷자락을 스쳤을 뿐이었다. 레날 부인은 자신을 향해 총을 겨누고 있는 쥘리앵을 발견하고 오히려 마음이 편했다.

그녀는 그때까지도 쥘리앵을 사랑하고 있었다. 라몰 후작에게 보낸 편지도 자신의 고해 성사를 받은 신부가 억지로 시킨

일이었다. 하지만 후회했다. 사랑하는 사람의 인생을 시궁창으로 몰아넣은 자신이 그렇게 미울 수가 없었다. 그래서 죽음을 생각했다. 하지만 세 아이 때문에 잠시 망설이고 있었다. 그런 와중에 쥘리앵이 자신을 향해 총을 겨눈 것이었다.

경찰이 감옥에 갇혀 있는 쥘리앵을 심문하기 시작했다. 쥘리앵은 어떤 변명도 하지 않았다. 이미 죽음을 결심하고 있었기 때문이다. 그래서 이번 사건은 계획적인 범행이며, 자신은 사형당해야 마땅하다고 주장했다. 할 말을 잃은 경찰은 쥘리앵의 말을 그대로 옮겨 쓰기만 할 뿐이었다.

쥘리앵은 자신의 모든 상황과 마음속 결심을 밝힌 편지를 마틸드에게 보냈다. 이미 살인자가 된 이상 욕심도 원망도 없었다. 시간이 흐르면서 마음이 차분해지기 시작했다.

그러던 어느 날, 간수로부터 레날 부인이 크게 다치지 않았다는 말을 들었다. 쥘리앵은 기뻤다. 자신을 향한 레날 부인의 감정이 사랑이 아닌 원망으로 바뀌면 정상적인 가정생활을 할 수 있을 거라는 생각 때문이었다.

비록 레날 부인은 죽지 않았지만 쥘리앵 자신은 살고 싶지 않았다. 희망도 꿈도 없어져 버린 까닭이었다. 그런 쥘리앵의 마음을 돌리기 위해 셸랑 사제는 물론, 유일한 친구인 푸케가 매일같이 면회를 신청해 그를 설득하기 시작했다. 하지만 쥘리앵의 결심은 변하지 않았다.

변호사 역시 쥘리앵을 찾아와 순간적으로 정신 착란 증세를 일으켜 엉뚱한 일을 저질렀다고 진술하면 사형은커녕 감옥살이마저 하지 않게 해 주겠다고 했다. 하지만 쥘리앵은 고개를 저었다. 무엇보다 깨끗한 상태에서 생을 마감하고 싶었기 때문이다.

재판이 시작되었고, 쥘리앵은 최후 진술을 했다.

"저는 조금도 여러분의 호의를 바라지 않습니다. 착각 같은 건 조금도 하지 않습니다. 저는 죽지 않으면 안 되고, 그것은 마땅한 귀결입니다. 모든 존경과 숭배를 받을 만한 부인을 저는 해치려고 했습니다. 레날 부인은 저에게 어머니 같은 존재였습니다. 저의 범행은 잔인했고 계획적이었습니다. 배심원 여러분, 그러므로 저는 사형에 처해져야 마땅합니다.

여러분! 저는 불행하게도 여러분의 계급에 속한 영예를 갖지 못했습니다. 여러분이 보시는 바처럼 저는 자신의 천한 신분에 반항한 일개 촌뜨기에 불과합니다. 이것이 저의 죄입니다. 여러분은 저를 벌함으로써 하층민으로 태어났음에도 훌륭한 교육을 받고 오만하게도 부자들만 모이는 사교계에 들어가려는 청년들의 의욕을 영원히 꺾어버리게 될 것입니다."

귀족으로 구성된 배심원들은 쥘리앵의 바람대로 살인죄를 인정했다. 만장일치였다. 살인죄의 적용은 곧 사형을 의미했다. 그렇게 해서 쥘리앵은 사형수가 쓰는 감옥으로 옮겨졌다.

며칠 후, 레날 부인이 감옥으로 찾아왔다.

"부인, 나를 용서해 주시오."

쥘리앵이 눈물을 흘리며 사죄를 했다.

"쥘리앵, 정말로 용서를 바란다면 항소를 하세요."

하지만 쥘리앵은 고개를 저었다.

"이곳에 머물 때 부인과 함께 있어서 행복했습니다. 그리고 파리로 가서는 새로운 사람을 만났지요. 부인이 후작에게 왜 그런 편지를 썼는지 이제 궁금하지도 않습니다. 부인을 향해 방아쇠를 당기는 순간, 모든 것이 다 끝났기 때문입니다."

너무나도 확고한 쥘리앵의 표정을 보고 레날 부인이 말했다.

"당신을 만나 힘들었지만 행복했어요. 그래서 당신이 죽으면 나도 따라서 죽을 거예요."

레날 부인은 그렇게 말한 뒤 감옥을 벗어났다.

그로부터 닷새가 지났다. 쥘리앵에 대해 사형을 집행하는 날이었다. 쥘리앵은 눈물을 흘리고 있는 푸케에게 마지막 말을 건넸다.

"슬퍼하지 말게, 친구. 내 주검은 이곳 고향이 내려다보이는 높은 산에 묻어 주었으면 좋겠네."

쥘리앵은 담담한 표정으로 사형대 위로 올라갔다. 눈부신 햇살이 그의 마지막 순간을 빛내 주었다. 스물셋, 쥘리앵의 삶은 그렇게 마침표를 찍었다. 쥘리앵의 주검을 실은 마차에 배가 불룩한 마틸드가 함께 타고 있었다. 그녀는 배 속의 아이와 함께 쥘리앵의 마지막을 지켜 주었다.

쥘리앵이 죽은 지 사흘째 되던 날, 레날 부인 역시 세상을 떠났다. 쥘리앵과의 마지막 약속을 지킨 것이었다.

적과 흑

◆ **작품 소개**

한 청년의 출세와 몰락으로 시대상을 그린 소설

《적과 흑》은 프랑스의 소설가 스탕달이 1830년에 발표한 장편 소설이다. 현실적으로 일어난 형사 사건의 공판 기록처럼 쓰였으며, 실제로 그 당시 유럽에서 일어난 몇 가지 사건을 모티브로 하였다. 하층 계급 출신의 야심 많은 청년이 옛 애인을 총으로 쏜 죄로 처형된 이야기를 그린 이 소설은 대담하고도 독창적인 유럽 소설의 걸작으로 꼽힌다.

이 작품의 부제는 '1830년대사'인데, 그 부제처럼 《적과 흑》은 1830년 7월 혁명 직전 왕정복고 시대 말기의 혼란스러운 시대상을 강렬히 그려 내고 있다. 이 소설에서 '적'은 군복이고 '흑'은 신부복을 뜻한다. 출세 지향적인 주인공은 예전 나폴레옹 시대라면 군인이 되었을 것이나, 왕정복고 시대에 출세하는 길은 오직 성직자가 되는 것뿐임을 깨닫고 그 길로 매진한다. 그러다가 결국 과거에 발목을 잡혀 몰락하는 주인공의 모습을 그림으로써 스탕달은 당시의 사회상을 신랄하게 비판하고 있다.

이 소설의 으뜸가는 매력은 간결하고 정확한 문체이다. 스탕달은 특유의 문체로 당시 주류를 이루던 낭만주의적 과장에서 벗어나 등장인물의 심리를 사실적으로 그려 내는 데 성공했다. 그런 이유로 에밀 졸라는 이 소설에 '최초의 근대적 소설'이란 찬사를 보냈다.

◆ 줄거리

1820년대 말, 프랑스의 작은 지방 도시에 쥘리앵 소렐이란 청년이 살았다. 가난한 제재소 집 아들인 그는 똑똑하고 잘생겼다. 야심만만한 쥘리앵은 신학을 배우며 라틴 어 실력을 길렀는데, 그 덕분에 시장의 집에 가정 교사로 들어가게 되었다. 처음에는 귀족 계급에 대한 반발로 시장 부인에게 접근했지만, 시간이 갈수록 쥘리앵도 그 부인에게 빠져들었다.

쥘리앵을 사모하던 하녀의 농간으로 둘의 관계는 오래가지 못했다. 쥘리앵은 시장의 집을 나와 브장송 신학교에 입학하여 공부에만 전념했다. 그러다가 대단한 권력자인 라몰 후작의 비서로 일하게 되었는데, 후작에게는 마틸드란 딸이 있었다. 그녀는 남다른 매력을 가진 쥘리앵을 좋아했고, 쥘리앵 역시 그녀에게 마음을 빼앗겨 새로운 사랑이 시작되었다.

귀족과 평민이란 신분 차이를 극복하고 둘이 결혼하려 할 때, 예전 쥘리앵의 행적을 폭로하는 시장 부인의 편지가 후작에게 도착했다. 극도로 흥분한 쥘리앵은 시장 부인을 찾아가 총을 쏘고, 죗값으로 사형대에 오르게 되었다. 쥘리앵이 죽자 마틸드는 그의 장례를 치러 주었고, 시장 부인은 사흘 만에 쥘리앵을 따라 세상을 떠났다.

◆ 등장인물 소개

쥘리앵 소렐_ 이 소설의 주인공으로 하층 계급 출신이다. 자존심이 강하고 경멸을 못 견디는 성격이지만, 뛰어난 머리와 재능을 지녔다. 욕망과 야심을 가슴에 품고 많은 우여곡절을 겪으며 출세 가도를 달리지만 결국에는 단두대의 이슬로 사라지고 만다.

레날 부인_ 레날 시장의 아내로 아름다운 외모에 소박한 성품을 지녔다. 연하인 쥘리앵과 사랑에 빠져 기쁨과 괴로움을 함께 맛본다. 분노한 쥘리앵이 자신을 향해 총을 쏘지만, 그가 죽은 뒤에는 자신도 따라 죽음으로써 사랑의 약속을 지킨다.

마틸드_ 라몰 후작의 딸로 강하고 정열적인 여인이다. 열정과 도전

정신이 부족한 귀족들을 마다하고 박식하고 당당한 쥘리앵에게
매력을 느껴 사랑에 빠진다. 쥘리앵의 아이를 배 속에 가진 채 그
의 주검을 수습하여 장례를 치러 준다.

레날 시장_ 레날 부인의 남편으로 베리에르의 시장이자 못 공장을
운영하는 재력가이다. 약간 미련하고 속물근성이 강하다. 나중에
는 쥘리앵과 아내의 관계를 알아챘다.

라몰 후작_ 마틸드의 아버지로 권력과 명망이 있는 귀족이다. 쥘리
앵의 재능을 인정하고 그를 신임하여 중용하지만, 딸과의 관계를
알고 나서는 크게 분노한다.

피라르 신부_ 브장송 신학교의 교장으로 쥘리앵을 아껴 라몰 후작
에게 천거한다. 쥘리앵이 어려움을 당할 때마다 아버지처럼 조언
하고 도움을 준다.

셀랑 신부_ 베리에르의 사제로 쥘리앵의 실력과 재능을 아낀다. 레
날 시장의 가정 교사로 추천하며, 쥘리앵에게 피라르 신부를 소
개해 준다.

푸게_ 쥘리앵의 고향 친구로 목재상을 운영한다. 선량하고 순박한
우정을 쥘리앵이 죽는 날까지 잃지 않는다.

◆ 들어가는 말

동양이나 서양을 가르지 않고 색깔은 흔히 사회적 신분을 나타낸다. 가령 중국을 비롯한 동양에서 황색은 황제나 왕의 신분을 나타내는 존귀한 색깔이다. 한편 흰색은 관직을 맡지 않는 일반 평민을 상징한다. '백의종군(白衣從軍)'이라고 할 때의 그 백의가 다름 아닌 흰 옷이라는 뜻이다. 잿빛 승복에서 볼 수 있듯이 회색은 흔히 승려 계급을 상징하는 색깔이다.

이러한 사정은 서양에서도 크게 다르지 않아서 붉은색은 군인을, 검은색은 성직자를 상징하는 색깔이었다. 스탕달(1783~1842)은 그의 가장 대표적인 장편 소설《적과 흑》(1830)에서 프랑스 사회에서 신분을 나타내는 이 두 색깔에서 제목을 빌려왔다. 이 작품의 주인공 쥘리앵 소렐은 '적'이 상징하는 군인과 '흑'이 상징하는 성직자 중에서 어느 한 길을 택할 수밖에 없다. 19세기 초엽 부르봉 왕조가 복귀한 프랑스 사회에서 평민은 이 두 색깔이 상징하는 군인과 성직자 말고는 달리 출세할 길이 없었다. 그는 이 두 길을 택하지만 마침내 자신의 야심과 불합리한 사회 제도 때문에 비극적 최후를 맞게 된다.

위대한 작품이 흔히 그러하듯이 스탕달도 우연하게 《적과 흑》을 쓰게 되었다. 마르세유에 머물던 1827년 12월 그는 지방 신문에서 흥미로운 기사 한 토막을 읽는다. 앙투안 베르테라는 스물다섯 살 난 청년이 기혼 여성 살해 혐의로 체포되어 재판을 받았다. 청년의 정부(情婦)였던 기혼 여성은 청년에게 새 애인이 생기자 과거를 폭로하였다. 이 사건을 흥미롭게 지켜보던 스탕달은 이 젊은이를 주인공으로 소설을 쓰기로 마음먹는다. 스탕달이 마흔일곱 살이 되던 해로 그가 이 소설을 쓴 것 자체가 하나의 경이로운 사건이라고 말하는 비평가들도 있다.

스탕달은 비록 신문 기사에서 작품의 뼈대를 빌려왔지만 작중인물들은 자신이 겪은 내적 경험을 바탕으로 창조하였다. 주인공 쥘리앵 소렐은 여러모로 작가의 분신으로 보아 크게 틀리지 않다. 《마담 보바리》(1857)를 쓴 뒤 플로베르는 "마담 보바리는 나다"라고 천명하였듯이 스탕달도 "쥘리앵 소렐은 나다"라고 말할 법하다. 스탕달은 살인 사건이라는 육체에 자신의 삶이라는 영혼을 불어넣어 위대한 작품을 창조해 냈던 것이다.

실제 사건에서 취해 온 만큼 《적과 흑》의 플롯은 비교적 단순하다. 주인공 쥘리앵은 나폴레옹에게 매력을 느끼면서도 그가 몰락하자 군대보다는 성직이 권력을 얻을 수 있는 지름길임을 깨닫는다. 신학교로 진학한 그는 프랑스의 작은 도시 베르에르의 시장인 레날 집안에서 가정교사 노릇을 한다. 곧 레날 부인과 사랑에 빠졌으나 그녀를 흠모하던 발레노라는 관리의 투서로 애정 행각이 들통 난다. 쥘리앵은 브장송에 있는 신학교로 옮겨 가고, 그가 떠난 뒤 레날 부인은 심한 죄의식으로 종교에 심취한다.

쥘리앵은 브장송에서 피라르 사제의 도움으로 라몰 후작의 비서가 되어 이번에는 파리로 간다. 상류사회에 진출한 쥘리앵은 명사들과 사귀기 시작하면서 백작의 딸 마틸드를 유혹한다. 마틸드가 임심한 사실을 알아챈 백작은 가문의 명예를 지키기 위하여 두 사람을 결혼시키기로 결심한다. 쥘리앵이 바라던 권력과 명예와 돈을 한꺼번에 얻으려는 순간, 레날 부인은 마틸드의 아버지에게 쥘리앵의 과거를 낱낱이 적은 편지를 보낸다. 모든 것이 물거품을 돌아간 사실을 깨달은 쥘리앵은 복수심에 불타 레날 부인을 총으로 쏘고, 곧 체포되어 재판을 받고 마침내 단두대의 이슬로 사라진다.

스탕달이 《적과 흑》에서 다루는 가장 핵심적인 주제라면 역시 물질적 성공을 추구하려는 인간의 본성과 불합리한 사회 제도에 대한 날카로운 비판이다. 가난한 목수 집안의 막내아들로 태어난 쥘리앵 소렐이 하층 계급의 신분에서 벗어나 사회적 신분 상승을 노리려는 것은 동서양의 문학 작품에서 즐겨 다루는 보편적인 주제 가운데 하나이다. 비록 신분은 낮지만 능력이 뛰어난 젊은이들이 흔히 그러하듯이, 야심만만한 쥘리앵도 자신의 신분적 한계를 극복하고 성공하려고 수단과 방법을 가리지 않는다.

그런데 문제는 수단과 방법이 과연 목적을 정당화할 수 있느냐는 데 있다. 아무리 목적이 좋더라도 수단과 방법이 옳지 못하면 이렇다 할 의미가 없게 마련이다. 쥘리앵이 자신의 신분적 한계를 극복하려는 태도를 탓할 수는 없다. 마치 햇빛을 향해 온몸을 내맡기는 향일성(向日性) 식물처럼 아름답고 편한 것을 원하고 사회에서 대접받기를 바라는 것은 어찌 보면 인간의 본능일지도 모른다. 그러나 문제는 쥘리앵이 오직 자신의 욕망과 욕구를 달성하는 데 눈이 먼 나머지 주위 사람들이 얼마나 고통 받을지에 대해서는 조금도 관심을 두지 않는다는 데 있다.

자연주의 소설에서는 좀처럼 인간의 자유의지를 인정하지 않는다. 인간은 태어날 때부터 유전과 환경에 의하여 삶이 이미 결정되었다고 보기 때문이다. 그래서 인간의 선한 행동과 악한 행동에 대하여 선뜻 판단을 내리려고 하지 않는다. 그러나 스탕달은 《적과 흑》에서 쥘리앵의 행동을 단순히 결정론적인 입장에서만 보지는 않는다. 감옥에서 자신의 삶을 되돌아본다든지, 재판정에서 자신의 과오를 솔직히 인정한다든지, 감옥으로 면회 온 마틸드에게 그녀에 대한 사랑이 진실한 것이었음을 고백한다든지 하는 행위를 보면 그는 한낱 유전과 환경의 힘에 의하여 움직이는 꼭두각시로만 볼 수는 없다. 그는 여러 장면에서 자유의지에 따라 선택하고 행동한다. 적어도 이 점에서 이 작품은 여러모로 전통적인 자연주의 소설과는 조금 다르다.

한편 스탕달은 주인공 쥘리앵 소렐이 파멸하는 데 불합리한 사회 제도와 불평등한 사회 현실도 큰 몫을 한다고 믿는다. 나폴레옹이 실각하고 왕정이 복고된 이 무렵 사회적 신분에 따른 계급이 뚜렷이 구별되었다. 상류 계급에 속한 사람들은 자신들이 누리고 있는 기득권을 계속 유지하거나 더욱 강화하려고 하였다. 이러한 과정에서 쥘리앵 같은 인물은 눈엣가시처럼 보일 수밖에 없고 결국 그를 제거하려는 데 온갖 수단과 방법을 아끼지 않았다.

사회적 불평등이나 불합리한 사회 제도에 대하여 쥘리앵이 느끼는 태도는 그의 최후 진술에서 단적으로 엿볼 수 있다. 자신에 대한 재판관들의 단죄에 대하여 그는 "여러분! 저는 불행하게도 여러분의 계급에 속한 영예를 갖지 못했습니다. 여러분이 보시는 바처럼 저는 자신의 신분이 천한 것에 반항한 일개 촌뜨기에 불과합니다……. 저를 처벌함으로써 본인과 같이 하층 계급에 태어나 빈곤 속에서 학대를 받으면서도 다행히 훌륭한 교육을 받을 수 있어서, 감히 부자들이 사교계라고 부르는 세계로 신분도 깨닫지 못하고 발을 들여놓으려는 청년들의 의기를 완전히 꺾어버리려는 것입니다"라고 부르짖는다.

그런데 이러한 신분에 따른 사회적 계급은 중세에서 근대로 이행하는 데 걸림돌이 될 수밖에 없다. 그렇다면 쥘리앵은 곧 근대인으로 태어나는 것을 가로막는 불합리한 사회 제도와 불평등에 용기 있게 맞서는 근대 지향적 인물로 볼 수 있다. 그리고 그의 파멸은 곧 기득권을 유지하려는 계급 사회의 희생양에 지나지 않는다.

◆ **《적과 흑》의 문학사적 의미**

문학사에서 《적과 흑》은 흔히 최초의 부르주아 소설로 평가받는다. 부르주아의 이상은 자유주의 정신이고, 이는 프랑스 대혁명의 지적 의상(衣裳)이었다. 자유주의 정신은 프랑스 혁명의 자식이라고 부르는 나폴레옹에게서 가장 잘 드러난다. 자유주의자들은 인간이 본질적으로 이성적 존재이며 따라서 완벽할 수 있다는 믿음을 지니고 있었다. 이는 그 동안 귀족 계층에 억눌려 온 중산층에게 복음과 같은 소식이었다. 쥘리앵이 자유주의 정신에 매력을 느끼는 것은 어찌 보면 당연하다.

한편 스탕달은 부르주아 계층의 가능성 못지않게 그 한계도 깨닫고 있었다. 모든 계급을 부정하는 부르주아 계층은 자칫 사회를 무정부주의에 빠뜨릴 위험을 안고 있다고 생각하였다. 인간 사회에서 어느 정도의 질서와 계급은 불가피하다고 믿고 있었다. 이 점에서 쥘리앵 소렐과 애정 행각을 벌인 두 여성은 자못 상징적 의미를 지닌다. 레날 부인이 프랑스 부르주아 계층을 대변하는 인물이라면, 마틸드는 프랑스 귀족 계층을 대변하는 인물이다. 그가 마침내 파멸을 맞이하는 것은 근대 부르주아 자유주의와 전통적 귀족의 보수주의가 갈등을 빚기 때문이다.

한편 《적과 흑》은 심리주의 소설 전통을 세우는 데에도 크게 이바지하였다. 세계 문학사를 샅샅이 뒤져보아도 쥘리앵 소렐처럼 복잡하고 미묘한 성격을 지닌 인물은 찾아보기 어렵다. 쥘리앵은 악한이면서 영웅이고, 영웅이면서 악한이다. 철면피인가 하면 예민하고, 위선적인가 하면 자신의 감정에 솔직하다. 대지에 굳건히 발을 디딘 철저한 현실주의자인 동시에 천상의 별을 향하여 고개를 쳐든 낭만주의자이다. 이중적이고 자기 모순적인 주인공은 나폴레옹이 추구하는 부르주아 이상에 매력을 느끼면서도 성직에서 구원을 찾으려고 한다. 스탕달이 이 작품 제목을 '적이냐 흑이냐'라고 붙이지 않고 '적과 흑'이라고 붙였다는 점을 눈여겨봐야 한다.

《적과 흑》은 심리적 차원 못지않게 사회적 차원에서도 큰 의미가 있다. '1930년대의 연대기'라는 부제에서도 엿볼 수 있듯이 이 작품에서 스탕달은 19세기 초엽의 프랑스 사회를 객관적으로 기록한다. 작품에는 유례를 찾아보기 드문 대혁명을 겪고 난 뒤 프랑스 사회의 온갖 모습이 거울 속의 이미지처럼 고스란히 담겨 있다. 이 소설에서 소렐은 "가장 선하다는 것도, 가장 위대하다는 것도, 모든 것이 위선이다. 아니면 적어도 사기다"라는 입장을 취한다. 그의 태도와 생각은 당시 프랑스 사회가 얼마나 타락하였는지 잘 보여 준다.

◆ **작가 소개**

스탕달의 본명은 마리 앙리 베일이다. '스탕달'은 무려 170여 개에 이르는 그의 필명 가운데 하나일 뿐이다. 그는 1817년에 이탈리아의 유명한 도시에 관한 여행기를 출간하면서 프러시아의 작은 도시 이름을 따서 필명으로 삼았다. 마리 앙리 베일은 1783년에 프랑스의 남부 도시 그르노블에서 태어났다. 아버지는 평민 출신의 법정 변호사였고, 어머니는 가뇽 가문 출신의 귀족이었다. 그는 평생에 걸쳐 부르주아 계층의 가치관과 귀족 계층의 가치관 사이에서 갈등을 겪으며 살았다.

이러한 갈등은 부모에게서 물려받은 유산이었다. 아버지는 개인적이고 천박하며 물질주의적인 중산층을 대변하는 인물인 반면, 그가 여덟 살이 되던 해에 사망한 어머니는 고상함과 우아함을 자랑하는 귀족층을 대변하는 인물이었다. 어머니를 일찍 여읜 탓에 어머니에 대해서 늘 애틋한 감정을 느낀 반면, 아버지를 두고는 '짐승'이라고 부를 만큼 경멸하였다. 이처럼 첨예하게 대립되는 두 가치관 사이에서 느낀 갈등은 뒷날 '그르노블의 마리 앙리 베일'이 '파리의 스탕달'로 탈바꿈하는 데 창조적 원동력이 되었다.

일찍이 수학에 남다른 재능을 보인 스탕달은 열일곱 살 때 공학도가 되기 위하여 그르노블을 떠나 파리로 갔다. 그러나 3개월 뒤에 나폴레옹의 예비 부대에 합류하기 위해서 알프스 산맥을 넘어 이탈리아로 건너갔다. 스탕달은 1821년에 파리로 돌아와 정착하면서부터 본격적으로 작가 생활을 하기 시작하였는데 이때 그의 나이 서른여덟이었다. 그로부터 9년 동안《적과 흑》(1830)을 비롯한 여섯 권의 책을 썼다. 이 작품 말고도《아르망스》(1827)와《파르므의 승원》(1839) 등 다섯 권의 소설을 출간하였다.